Tschüsschen, Tschüsschen

ENDE LIEBER UNGEWÖHNLICH

Anthologie

Herausgeber: Paperwork
Maybachstrasse 152
50670 Köln
www.paperwork.design

Covergestaltung – Paperwork
Lektorat: Syntax-Lektorat
Korrektorat: Syntax-Lektorat
Satz: Paperwork

Druck: Amazon Europe - Luxemburg

ISBN 978-3-9820259-0-2

Inhalt

Mara Winter

Tschüsschen

Im Alter von achtundzwanzig Jahren war Charlotte noch immer eine erfolglose Schauspielerin. Trotz ihrer abgeschlossenen Ausbildung und dem Eintritt in eine anerkannte Schauspielagentur hatte sie bis jetzt keine nennenswerte Rolle ergattern können. Ihren intellektuellen Freunden erklärte sie großspurig, lieber ihrem Traumjob nachzugehen und nebenbei zu kellnern, anstatt sich die materielle Sicherheit mit acht Stunden Langeweile pro Tag zu erkaufen. Den Eltern ging sie aus dem Weg.

An freien Tagen saß sie stundenlang vor dem Computer und durchforstete alle Seiten, die die Suchmaschinen zu »Casting«, »Rollenangebote«, »Schauspielerin gesucht« oder »Filmforum« ausspuckten. Viel war es nicht. Immerhin hatte sie durch diese Methode in einigen Kurzfilmen gespielt und idealistische Kunststudenten sowie desillusionierte Regisseure zuhauf kennen gelernt.

Das aktuelle Angebot schien sich von den bisherigen Projekten geringfügig zu unterscheiden. Der Regisseur war über vierzig und hatte eine beeindruckende Vita vorzuweisen, das Drehbuch klang, obgleich es sich um Horror handelte, interessant und intelligent geschrieben. Ein Blick auf den leeren Terminkalender überzeugte Charlotte, dass sie am genannten Wochenende Zeit haben würde, und sie tippte ihre Antwort in das Emailformular.

Dann steckte sie sich eine Zigarette an und lehnte sich zurück. »Verdammt, was musst du so viel rauchen«, schimpfte sie sich selbst und fühlte gleichzeitig, wie ihre Laune stieg. Noch eine Woche, und vielleicht würde dieser Arthousefilm endlich Erfolg bescheren.

Sechs Tage später stieg Charlotte aus einem luxuriösen ICE (»Fahrtkosten werden selbstverständlich übernommen«) und sah sich auf dem Bahnsteig um. Es war kühl, aber sonnig, und sie löste das Samtband aus ihrem Haar und schüttelte die dunklen Locken, um den Wiedererkennungswert nach ihren Fotos zu erhöhen.

Ihre Tasche war schwer, und so blieb sie stehen und kramte nach dem Zettel mit der Handynummer. Beim Tippen sah sie zwei Männer auf sich zueilen. Der Kopf des rechten war kahlrasiert und schien direkt in die Schultern überzugehen, der andere wirkte befremdlich jung und grinste leicht dämlich. Charlotte erschrak. Das konnte doch nicht die Crew sein?

»Charlotte?« Die Stimme des Älteren klang heiser, und sie nickte notgedrungen. Das konnte heiter werden. Die Sexszene auf Seite 15 des Drehbuchs schoss ihr durch den Kopf und sie biss sich flüchtig auf die Lippe. Wenn das schmächtige Bürschchen ihr Partner sein sollte ... Nimm dich zusammen, du bist Profi, du kannst das!, befahl ihre innere Stimme und sie lächelte.

»Hallo Gedeon, ich bin Charlotte. Wie schön das Wetter bei euch ist!«

Die beiden waren freundlich, man trug ihr Gepäck, und zu Charlottes Erleichterung stieg ein normal wirkender Mann aus dem wartenden Fiat. Er wurde als Samuel und der zweite Schauspieler vorgestellt, und als erstes lud Gedeon die Truppe zum Italiener ein.

Charlotte betrachtete ihren Kollegen erleichtert. Groß und überdurchschnittlich hübsch, mit hellblonden Haaren und der starken Präsenz, die Schauspieler unverkennbar macht. Er sah arrogant aus, war aber liebenswürdig und sanft.

Man bestellte Wein zur Pasta.

Gedeon vollführte seltsame Schlangenbewegungen mit Kopf und Schultern und nuschelte eine Art Wiener Dialekt. Der Kleine schien Beleuchter, Tonmann und Statist in einem zu sein, und damit war das Team auch schon komplett. Nun gut, auch zwanzig Mitglieder waren keine Garantie für einen erfolgreichen Film, das hatte Charlotte mehr als einmal erlebt.

Nach dem Essen und einer kurzen Drehplanbesprechung erreichten sie ein altmodisches Mietshaus. Charlotte hatte die Männer vorangehen lassen und wollte gerade die Treppe betreten, als eine alte Frau aus der unteren Wohnung kam und sie misstrauisch beäugte.

»Sie wollen sicher zu dem reizenden jungen Paar, Herrn Thorsten und der lieben Melanie. So nette Leute, und erst das entzückende Baby. Haben Sie auch Kinder?«, fragte sie und fügte plötzlich zögerlich hinzu: «Sie sollen wohl die Wohnung hüten? Die liebe kleine Familie ist wohl in Urlaub gefahren, nicht wahr? Ich habe sie schon länger nicht mehr gesehen …?«

Offenbar war sie dement und Charlotte drängte sich mit gemurmelten Höflichkeitsfloskeln an ihr vorbei. Im zweiten Stock strich sie im Vorübergehen über einen braunen Kinderwagen und registrierte ein staubiges Gefühl auf den Fingerkuppen.

Gedeons Wohnung befand sich im Dachgeschoß und konnte nur durchs Badezimmer betreten werden. Der weißgekachelte Raum war über und über mit Blumen verziert und erweckte den Eindruck eines gemütlichen Großmuttersalons. Er stand in starkem Kontrast zu den anderen Räumen, die ähnlich groß, jedoch völlig steril und karg eingerichtet waren.

Bartosch, der Junge für alles, stellte die Taschen ins Schlafzimmer, und dann konnte es endlich losgehen. Charlotte breitete die mitgebrachten Kleider auf dem Sofa aus und ließ Gedeon die künstlerischen Entscheidungen treffen. Er wählte das beigefarbene Kostüm, das sie zur Beerdigung ihres Großvaters getragen hatte. Wie immer überfielen sie leichte Schuldgefühle, als sie in den Rock schlüpfte und das Jackett überzog. Doch wäre es nicht albern, ein Kleidungsstück nur einmal im Leben zu tragen? Opa war immer für Sparsamkeit gewesen, er hätte sie verstanden; damit tröstete sie sich zumindest und ignorierte die Gedanken an Großvaters Generation, die Schauspielerinnen in etwa auf die Stufe mit Prostituierten gesetzt hatte.

Natürlich gab es kein Budget für die Maske und Charlotte musste sich selbst schminken, sie stand in dünnen Strumpfhosen vor dem mit Ornamenten umrankten Spiegel und trug die Grundierung sorgfältig mit einem Schwämmchen auf. Es gab keinen Teppich und sie fröstelte.

Die erste Szene spielte in der Küche, der schwarze Tisch war bereits ausgeleuchtet und Samuel saß im Samtanzug vor einem minimalistischen Frühstück. Gedeon legte offenbar keinen Wert auf Proben, er zeichnete jeden Versuch auf Kamera auf und stoppte meist, wenn Charlotte und ihr Filmpartner gerade in Fahrt kamen. Vorsichtige Fragen ihrerseits wurden schroff zurückgewiesen und schließlich ließ Charlotte die kurzen Szenen über sich ergehen, ohne sich weiter zu äußern. Sie wusste, dass man das niemals würde schneiden können, so viele Anschlussfehler und Achsensprünge hatten sie auf Band. Es war kalt und allmählich wurde sie wütend. Eigentlich ist es eine Frechheit, für so etwas professionelle Schauspieler zu engagieren, sagte die Stimme in ihrem Hinterkopf.

Einzig für die Sexszene nahm Gedeon sich ausführlich Zeit und ließ die beiden mehrmals alles wiederholen. Es war an sich nicht schlimm, bis der

Regisseur Samuel bat, für die Totale die Shorts auszuziehen, obwohl sein Unterleib nicht im Bild war. Unter den gierigen Augen der beiden Zuschauer glimmte kein Funke von Erotik zwischen den Schauspielern auf; Charlotte fühlte sich wie in einer umgekehrten Freakshow, in der normale Menschen mit Beischlafsimulationen die Freaks unterhalten mussten.

Samuel musste sie wiederholt heftig aufs Bett werfen und sie konnte seine Haut kaum auf ihren Oberschenkeln fühlen, so sehr fror sie mittlerweile. Endlich wurde das bizarre Spektakel durch eine umhersurrende Fliege unterbrochen, die das Bild störte.

»Warte nur, du Teufelsding!«, keifte Gedeon und schnippte aggressiv nach dem Insekt, bis es zu Boden fiel.

»Aufnahme gestorben, oder?«, erkundigte Bartosch sich und Gedeon brach die Szene widerwillig ab.

In der Pause wickelte Charlotte sich in ihre Jacke, denn die Heizung war versehentlich abgestellt worden.

»Es gibt Naschwerk und verschiedene Säfte«, munterte Gedeon sie auf, was nach Blätterteiggebäck mit Zuckerguss und Marzipanröschen klang, doch es lagen nur vertrocknete Schokoriegel und Kindersaftpäckchen im Cateringkorb.

Dann bereiteten die Männer die nächste Szene vor. Das Wohnzimmer wurde ausgeleuchtet, während

Charlotte ihr Make-up auffrischte. Gedeon hatte um einen Vamp-Look gebeten, und war erwartungsgemäß nicht zufrieden, denn Charlotte hatte ihr Lippenstiftset daheim vergessen und nur zwei Alltagsfarben zur Verfügung.

»Geht das noch brutaler?«, wollte er wissen, und aus irgendeinem Grund bekam sie das Gefühl, die Frage bezöge sich nicht auf die Schminke. Mit einem Schulterzucken verzog sie sich ins Bad und legte drei Schichten Lippenstift übereinander, wobei sie versuchte, Lidschattenpuder miteinzuarbeiten, was allerdings misslang. Dafür ummalte sie die Augen im dunkelsten Grau, mehr konnte sie nicht tun. Doch der Film war sowieso für die Tonne.

Als sie zurückkam, hatte man soeben beschlossen, die Außenszenen mit Samuel vorzuverlegen, da das Licht zu schwinden drohte.

»Kommst du mit?« fragte der Schauspieler freundlich und sie lehnte fast geschmeichelt ab. Er war wirklich nett und umgänglich, so gar nicht extrovertiert wie die meisten ihrer männlichen Kollegen. Doch ihr war viel zu kalt, um die Wohnung nochmal zu verlassen. Sie überließ sich ihrem Schicksal auf dem Sofa vor dem Breitbildfernseher und genoss die Stille, als die Männer sich verzogen hatten. Sie zappte halbherzig durch die Kanäle und beschloss schließlich, erst einmal heißen Tee zu kochen.

In die Dachschrägen waren geräumige Wandschränke eingelassen, und sie probierte sich durch alle Türen, um Teebeutel oder –blätter zu finden. Die Fächer waren praktisch leer, es lagen nur ein paar einsame Eintopfkonserven und mehrere Tüten Chips darin. Auch in den Schubladen sah es kaum besser aus, sie entdeckte nur Besteck und eine kleine rote Rassel, wie man sie Babys in den ersten Monaten gibt. Charlotte rüttelte am Griff der letzten Schublade, die erst zu klemmen schien, doch schließlich glitt sie leicht auf. Es lag ein metallenes Fleischerbeil darin, größer als bei ihrer Mutter oder dem Metzger um die Ecke. Für einen Moment hielt sie die Luft an. Wozu um alles in der Welt brauchte dieser Typ, der niemals selbst kochte, ein derartiges Hackebeil? Um seine Dosen aufzukriegen?

Sie schluckte und schob die Schublade wieder zu. Was gab es sonst noch hier zu sehen?

Im Kühlschrank standen kleine braune Fläschchen mit undefinierbarem Inhalt. »Do not eat.« »Do not drink« und »Danger« war auf den Etiketten notiert, dazu das alberne Seeräuber-Giftzeichen, das höchstens noch auf altem Apothekerinventar Gebrauch fand. Was bewahrte dieser seltsame Gedeon in seinem Kühlschrank auf, das man weder essen noch trinken durfte? Charlottes Augen begannen zu brennen. Sie ging ins Bad und suchte nach Wattebäuschchen oder Kosmetiktüchern. Hier gab es auch einen Wandschrank und sie war schon viel zu neugierig, um ihn nicht zu öffnen. In zwei Plastiksäcken stapelten sich die Medikamente, nicht dreißig oder fünfzig Schächtelchen, wie sie selbst besaß, sondern eher fünfhundert Packungen. Sie durchwühlte die Tüten, doch die lateinischen Bezeichnungen sagten ihr nichts.

Ganz ruhig, sagte sie sich, das muss gar nichts bedeuten. Du gehst jetzt ins Wohnzimmer und schaust dir irgendeine Doku an, und später fragst du ihn einfach, wozu er all das Zeug braucht.

Sie saß gerade auf der Couch und hatte die einzige Decke übergeworfen, als sie ein Geräusch hörte. Waren sie etwa schon zurück?

»Hallo?«, rief sie in die Küche und ärgerte sich, dass ihre Stimme leicht zitterte. »Ich bin´s« vernahm sie den österreichischen Sing-Sang und plötzlich hatte sie Angst. Er war alleine gekommen, wozu?

Wenn er mir jetzt etwas tut, wird es niemand wissen, fuhr es ihr flüchtig durch den Sinn. Weder ihrem Freund noch ihren Eltern hatte sie seine Adresse hinterlassen.

»Ich hab was vergessen«, fuhr Gedeon fort und schob langsam die Türe auf. Charlottes Blick fiel auf die Regale unter dem Fernseher. Lange Reihen mit Videofilmen und DVDs, ausschließlich Horrorfilme. Hatte er die alle gesehen?

Gedeon stand vor ihr, er war größer, als sie ihn in Erinnerung hatte.

»Alles klar?« Sie nickte schwach. »Ich brauch noch ein paar Folien«, erklärte er und ging an ihr vorbei zu einem Schrank. Die grünlichen Rollen reflektierten das Licht und blendeten Charlotte, der karge Raum wirkte plötzlich wie die Gruselkammer in einer Geisterbahn und sie begann es heftig zu bereuen, dass sie jemals auf Gedeons Gesuch geantwortet hatte. Der Typ war eindeutig nicht normal; außer Sex und Gewalt schien ihn nichts zu interessieren. Ihr Blick fiel auf die tote Fliege am Boden. Sie lag still auf dem Rücken und rührte sich nicht. Wenigstens war die schnell tot gewesen.

»In einer Stunde sind wir fertig!«, sagte Gedeon laut, rollte die Folien zusammen und machte übertrieben grinsend das Victoryzeichen. Charlotte atmete auf, der schaurige Moment war vorüber. Trotzdem wäre es mehr als peinlich, ihn nach den Medikamenten in seinen verschlossenen Schubladen zu fragen. Aber die Küche war etwas anderes.

»Was ist das eigentlich in deinem Kühlschrank?«, fragte sie mit dünner Stimme, »das, was man nicht essen oder trinken darf?«

»Das sind Poppers!«, verriet er bereitwillig. Klang er beschämt? Nein, eher stolz auf sein Sexualleben. Er zwinkerte ihr tatsächlich zu und war weg. Wer würde denn freiwillig mit diesem Typen das Bett teilen?

Wer spricht von freiwillig?, sagte die Stimme in ihrem Kopf und sie zündete sich verbotenerweise die letzte Zigarette am Fenster an, statt nach unten zu gehen. Sie musste diese fixe Idee loswerden. Gedeon war ein Spinner, aber ein harmloser. Es war ein verschenktes Wochenende, aber immerhin kam er für alle Unkosten auf und vielleicht könnte sie wenigstens die Frühstücksszene für ihr Demoband verwenden.

Bartosch kam als erster wieder und unterhielt Charlotte mit langweiligen Anekdoten aus seinem Leben. Er versuchte, ironisch zu klingen, und stülpte seine Lippen nach vorne, um einen besonders spöttischen Effekt zu erzielen. Dabei kiekste seine Stimme und brach nach oben weg. Wäre es nicht so armselig gewesen, hätte sie lachen müssen. Ein Loser, wie er im Buche stand. Sie lachte bemüht über seine Geschichtchen und war froh, als Samuel und Gedeon zurückkamen.

Der Regisseur schien hochzufrieden mit den Aufnahmen und schlug vor, erst einmal Kaffee zu kochen. Die Jungs sammelten umherliegende Kabel ein und Bartosch präsentierte beim Bücken in seiner knappen Hose mehr von seinem Hinterteil, als Charlotte lieb war. Auf seinen Handgelenken zeichneten sich feine Narben ab und auf einmal war er ihr zuwider.

»Heute Nacht folgt die Krönung, das Ritual am Teufelsfelsen«, schwärmte Gedeon. Wie pathetisch er sich ausdrückte, wie ernst er seinen lächerlichen Film nahm! Charlotte musste laut auflachen und die leeren Wände warfen ein Echo zurück, aber sonst lachte keiner.

»Ich geh kurz Kippen holen«, sagte sie nervös, um die Peinlichkeit zu überbrücken.

»Aber beeil dich, wir müssen vorankommen, morgen müssen wir um Punkt siebzehn Uhr fertig sein!«, ermahnte Bartosch sie hektisch.

»Mach ich, Tschüsschen!«

Sie ärgerte sich darüber, wie künstlich ihre Stimme klang und wie deplatziert ihre Worte waren. Das passierte ihr sonst nie.

Dann steckte sie ihr Portemonnaie in die Hosentasche und floh die Treppe hinunter. Im Erdgeschoß stieß sie beinahe mit der alten Frau von heute Mittag zusammen.

»So spät gehen Sie noch aus?«, erkundigte diese sich freundlich und lehnte den Schrubber an die Wand.

»Ja ja, die jungen Leute heutzutage. Die liebe Melanie hat wohl auch ihre eigenen Methoden, ich höre die Kleine gar nicht mehr schreien.«

Charlotte entgegnete gereizt: »Sie scheinen mich missverstanden zu haben. Ich kenne Ihre Melanie nicht. Ich wohne oben im Dach, bei Herrn Steinberger.«

Die Alte sah sich lauernd um und legte langsam den verschrumpelten Finger auf den Mund.

»Seien Sie vorsichtig mit dem. Gehen Sie niemals da rauf. Hat die liebe Melanie Sie nicht gewarnt? Der Herr ist in der psychiatrischen Klinik und kommt nur am Wochenende manchmal raus. Resozialisierung oder wie die das nennen. Pah, ich glaube nicht daran. Kinder hat er auch keine.«

Charlotte wurde blass und tastete nach dem Geldbeutel in ihrer Tasche. Sie spürte, wie sich ihr Hausschlüssel ins Fleisch ihrer Hand bohrte und atmete tief ein. Dann öffnete sie die Tür und stürzte ohne ein weiteres Wort hinaus.

Die alte Frau sah ihr nach und lächelte.

»So ein nettes Paar« sagte sie glücklich, »und sie haben ein Baby.«

Carola Leipert

Alte Gewohnheiten

Herr Ludwig war, wie es so schön im allgemeinen Sprachgebrauch bezeichnet wird, ein älterer Herr im wohlverdienten Ruhestand. Sein ganzes Arbeitsleben hatte er bei Wiefenhardt & Söhne verbracht, wo er seit seiner Ausbildung treu ergeben mit strenger und genauer Hand die Buchhaltung des Unternehmens geführt hatte. Man kann nicht sagen, dass er sich freute, als der letzte Tag in der Firma bevorstand. Nein, er hatte eher stumm gelitten, war mürrisch aus dem Haus gegangen und hatte es nur mit Mühe geschafft, ein höfliches Lächeln auf den Lippen zu tragen, während Herr Wiefenhardt senior ihm zum Dank für seine Treue und Loyalität die Hände schüttelte und ihm anschließend einen riesigen Präsentkorb überreichte. Auch Frau Ludwig litt stumm, jedoch aus anderen Beweggründen. Sie wusste, nun waren ihre freien Tage gezählt. Es würde keine stundenlangen Kaffeekränzchen mit Nachbarin Mechthild mehr geben, denn ihr Mann hasste die hohe, flötende Stimme, die dann durchs ganze Haus schallte und ihm Kopfschmerzen bereitete. Es würde kein Brunch um elf Uhr morgens mit Freundin Uta mehr möglich sein, denn wenn Herr Ludwig zu Hause war, erwartete er das Mittagessen pünktlich um zwölf Uhr auf dem Tisch. Auch Spaziergänge im Park und Einkaufsbummel in der Stadt waren ab jetzt wohl passé, denn Herr Ludwig hasste es, spazieren zu gehen; die Unordnung auf den Straßen und in den Gärten machte ihn ganz verrückt. Und so kam es, dass der große Tag, der für so viele wie ein Tag der Befreiung erscheint, für dieses Ehepaar ein Trauertag wurde. Am Abend saßen sie zusammen und erstellten nach Herrn Ludwigs Wunsch einen Tagesablaufsplan, in dem genau festgehalten wurde, welche Arbeiten im und ums Haus herum zu verrichten waren, und wann sie ausgeführt werden sollten. Auch bekam Frau Ludwig feste Zeiten für ihre Einkäufe vorgeschrieben. Während Herr Ludwig vornübergebeugt am Tisch saß und eifrig schrieb, saß Frau Ludwig mit neutraler Miene neben ihm und ertrug stoisch das ihr nun zugedachte Los. Doch schon am nächsten Morgen zeigte sich, dass Dinge auf dem Papier doch anders wirken als im realen Leben. Frau Ludwig stand wie jeden Morgen pünktlich um halb sieben auf, richtete den Frühstückstisch, kochte Kaffee und holte die Zeitung aus dem Briefkasten, die sie ihrem Mann neben den Frühstücksteller legte. Pünktlich um sieben erschien Herr Ludwig, trank seinen Kaffee, aß eine Semmel mit Erdbeermarmelade und sein 7-Minuten-Ei. Normalerweise wäre er jetzt an die Arbeit gegangen, doch nun musste er das nicht mehr, also blieb er sitzen, und beobachtete Frau Ludwig, die wie jeden Morgen das Frühstücksgeschirr abräumte, sich nun ihre Tasse Kaffee nahm, die Zeitung zu sich heranzog und dann direkt den hinteren Teil der Zeitung aufschlug.

»Warum liest du die Zeitung nicht von vorne?«, fragte er sie verwundert.

»Weil eine Ehefrau sich nicht für die Weltpolitik zu interessieren hat. Das waren doch immer deine Worte. Daher lese ich direkt den Teil mit den Heirats- und Todesanzeigen«, antwortete sie ruhig, während sie die Anzeigen studierte.

»Dann wird es jetzt Zeit, mit alten Gewohnheiten zu brechen. Klammere dich nicht an das Gewohnte, sondern sieh zu, dass du mit der Zeit gehst. Das ist ja nicht zum Aushalten!«, beschwerte er sich lauthals und zog ihr die Zeitung weg. Er suchte den Teil mit dem Weltgeschehen heraus und schob ihn ihr hin.

»Ich bin im Garten, der Rasen muss dringend gemäht werden«, ließ er noch verlauten, bevor er das Zimmer verließ und eine völlig verwirrte Frau Ludwig zurückließ. Als sie ebenfalls den Garten betrat, hatte er bereits den Rasen gemäht und robbte jetzt auf Knien mit einem Eimer und einer kleinen Hacke an der Seite an der Blumenrabatte entlang, wo er das Unkraut entfernte. Frau Ludwig ließ einen kleinen, für Herrn Ludwig nicht hörbaren Seufzer entweichen und begann dann, das kleine Schälchen, das sie jeden Morgen für Nachbarskater Fritzi füllte, zu säubern. Gerade wollte sie den Napf mit frischem Futter füllen, da ertönte hinter ihr die Stimme ihres Mannes:

»Was machst du da? Wir sind keine Tierpension für herumstreunende Katzen!«, fuhr er sie an.

»Aber Fritzi bekommt jeden Morgen von mir ein Schälchen mit Futter!«, antwortete sie empört.

»Dann wird es jetzt Zeit, mit alten Gewohnheiten zu brechen! Ab heute wird Fritzi hier ganz sicher kein Futter mehr bekommen! Ich will dieses Tier nicht mehr in meinem Garten sehen! Das ist ja nicht zum Aushalten!«, fuhr er sie an, während sein Kopf vor lauter Aufregung ganz rot wurde und die Ader an seinem Hals dick und pulsierend hervortrat.Frau Ludwig schnappte nach Luft und wollte etwas erwidern, doch Herr Ludwig nahm den Napf und warf ihn so heftig auf die Fliesen, dass er zersprang. Dann drehte er sich um und stapfte zurück zur Blumenrabatte, wo er sich wieder auf die Knie sinken ließ und wütend in der Erde herum harkte. Mit einer Träne in den Augen holte Frau Ludwig den Besen und kehrte die Scherben zusammen.

Um elf Uhr wollte sie dann gerne kurz bei Nachbarin Mechthild vorbeischauen, wie sie es schon seit Jahren hielt. Sie zog sich ihren Cardigan über und nahm ihren Schlüssel.

»Ich gehe kurz auf einen Sprung zu Mechthild hinüber. Ich bin gleich wieder da«, rief sie ihrem Mann von der Terrasse aus zu und wollte sich schon Richtung Haustür begeben, da hörte sie seine polternde Stimme.

»Kommt nicht in Frage! Dann steht das Essen nicht rechtzeitig auf dem Tisch. Und du weißt genau, wie wichtig es mir ist, pünktlich zu essen. Ich habe einen sehr empfindlichen Magen und ein sehr empfindliches Herz.«

»Ja, mein Lieber, das weiß ich, aber keine Sorge, das Essen wird rechtzeitig fertig sein.«

Sie bemühte sich zu lächeln und ihre Stimme besänftigend klingen zu lassen.

»Wir treffen uns jeden Morgen während der Woche um elf Uhr auf einen kleinen Schwatz.«

»Dann wird sich das ab jetzt ändern. Es ist Zeit, mit alten Gewohnheiten zu brechen! Klammere dich nicht ständig an dein altes Leben, jetzt kommt eine neue Zeit!«, herrschte er sie an. Frau Ludwig dachte an sein empfindliches Herz und die ganze Aufregung, die Herr Ludwig seit heute Morgen schon gehabt hatte und beschloss resigniert, heute eine Ausnahme zu machen. Sie rief bei Mechthild an, um ihr die Situation zu erklären, und begab sich anschließend in die Küche, wo sie, wie immer mittwochs, ein Brokkolisüppchen mit ein paar Schnittchen zubereitete. Pünktlich um zwölf stand das Essen auf dem Tisch und Herr Ludwig betrachtete mit kritischem Blick das vor ihm stehende Essen.

»Was bitteschön ist das denn? Das ist kein Mittagessen!«, schimpfte er los. Sein Kopf, von der vielen für ihn ungewohnten Arbeit immer noch rot, die Finger angeschwollen und die Haare völlig zerzaust, saß er da, wie kurz vor der Explosion. »In der Kantine habe ich immer ein richtiges Mittagessen bekommen, und hier erwarte ich das auch!«, donnerte er los.

»Aber heute ist Mittwoch und mittwochs mache ich immer ein leichtes Mittagessen, schon seit Jahren!« Frau Ludwig, eigentlich immer ruhig und besonnen, kniff die Augen zusammen und sah ihren Mann mit zusammengepressten Lippen böse an.

»Dann wird sich das ab jetzt ändern! Es ist Zeit, mit alten Gewohnheiten zu brechen! Hör, endlich auf, dich an dein altes Leben zu klammern! Du machst mich ganz verrückt damit! Morgen will ich ein Schnitzel! Hast du verstanden? Ein Schnitzel mit Kartoffelsalat!« Dann warf er wütend seine Serviette auf den Tisch und verließ die Küche. Am Nachmittag schien sich die Situation langsam wieder etwas beruhigt zu haben. Herr Ludwig hatte sich in sein Arbeitszimmer zurückgezogen, um ein paar Bankbelege durchzugehen, und Frau Ludwig besorgte beim Bäcker zwei Stück Sahnetorte. Die gönnte sie sich immer mittwochs nachmittags, da sie ja am Mittagessen sparte. Auf dem Hinweg zum Bäcker sagte sie sich, dass das heute nur ein Ausnahmetag war. Herr Ludwig, sonst immer ruhig, freundlich und niemals aufbrausend, musste sich erst einmal an diese Situation gewöhnen. Und sie, nun ja, sie musste sich ebenfalls daran gewöhnen. Obwohl ihr für einen Moment der Atem weg blieb, wenn sie bedachte, dass es vielleicht ab jetzt jeden Tag so gehen könnte. Denn Herr Ludwig konnte mit Veränderungen überhaupt nicht umgehen, er hasste sie geradezu. Als Frau Ludwig jedoch beim Bäcker ankam und ihre heißgeliebte Sahnetorte sah, war mit einem Schlag all der Kummer vergessen. Sie freute sich auf ihre Sahnetorte, so sehr sogar, dass sie auf dem Rückweg vom Bäcker vergnügt eine kleine Melodie pfiff und nicht mehr an all den Ärger dachte. Zuhause angekommen kochte sie Kaffee und deckte besonders liebevoll den Gartentisch, denn es war herrlicher Sonnenschein. Als jedoch Herr Ludwig sah, dass sie den Kaffeetisch im Garten gedeckt hatte und auf seinem Teller ein großes Stück Sahnetorte thronte, verfinsterte sich seine Miene sofort.

»Willst du mich mästen? Soll ich jetzt dick und fett werden, wenn ich in Rente bin? Du weißt genau, dass ich so etwas nicht essen darf, das ist nicht gut für mein krankes Herz!«, schnauzte er sie an.

»Aber mittwochs gönne ich mir immer ein Stück Sahnetorte. Und ich dachte mir, du freust dich ebenfalls darauf! Schließlich hast du in der Firma nachmittags nie ein Stückchen Sahnetorte bekommen. Und ein Stück Kuchen schadet deinem Herz sicher nicht«, versuchte sie ihn zu beschwichtigen.

»Mittwochs gönne ich mir immer ein Stück Sahnetorte«, äffte er sie nach. »Genauso siehst du auch aus!« Mit einem verächtlichen Blick musterte er sie von oben bis unten. »Aber das wird sich ab jetzt ändern! Wie oft muss ich es noch wiederholen, bis du es verstanden hast? Es ist Zeit, mit alten Gewohnheiten zu brechen! Hör endlich auf, dich an dein altes Leben zu klammern! Du machst mich ganz verrückt damit! «Dann nahm er die zwei Teller mit der Sahnetorte und ehe sie sich versah, war er damit schon in die Küche geeilt und hatte die Sahnetorte in den Mülleimer geworfen. Sprachlos war sie ihm nachgerannt. Als er sich jetzt mit den leeren Tellern zu ihr umdrehte und ihr ein hämisches Grinsen entgegenschleuderte, wusste sie, dass ab jetzt jeder ihrer Tage so verlaufen würde, und sie sackte schluchzend auf einem Stuhl zusammen. Herr Ludwig jedoch drehte sich einfach weg und ging wieder in sein Arbeitszimmer. Beim Abendessen saßen sie sich schweigend gegenüber. Plötzlich ruckte Herrn Ludwigs Kopf nach oben.

»Mir wird schlecht«, murmelte er. »Mein Herz, das war zu viel Aufregung.« Sein Gesicht war fahl geworden, seine Augen verloren ihren Glanz. Auf einmal sackte er vom Stuhl, seine Hand auf sein Herz gepresst. »Hol mir meine Tabletten, schnell!«, keuchte er. »Ein Infarkt«, stieß er zwischen den Zähnen hervor.

Frau Ludwig war erschrocken vom Tisch aufgesprungen, eilte zu ihm und sah ihm prüfend in die Augen.

»Hilf mir!«, keuchte er wieder. Doch sie sah ihn nur weiter an. Langsam hob sie die Hand und strich ihm sanft über die Wange.

»Das kann ich nicht. Hast du mir nicht gesagt, es sei Zeit, mit alten Gewohnheiten zu brechen? Es ist Zeit, das Alte loszulassen, sich nicht mehr daran zu klammern. Und da ich eine brave Ehefrau bin, höre ich auf meinen Mann. Auf meinen Mann, der mir leider am Ende auch zur Gewohnheit geworden ist.«

Dann erhob sie sich wieder und verschwand aus seinem Blickfeld. Er schloss kurz die Augen und als er sie für einen letzten Atemzug noch einmal öffnete, sah er Frau Ludwig vor ihm knien, einen Teller in der Hand, mit der Sahnetorte, die sie aus dem Mülleimer geholt hatte. Genüsslich schob sie sich die Gabel in den Mund.

Herbert Arp

Stummes Vermächtnis

Paul musste blinzeln, als die Blitzlichter der Pressefotografen die Szene auf dem Tablet in ein irritierendes Feuerwerk verwandelten. Der begleitende Applaus wirkte wie verzerrter Donner und Paul hatte Schwierigkeiten, sich auf den Mann zu konzentrieren, der dort im Mittelpunkt stand. »Da ist Opa!«, sagte er, ohne den Blick vom Bildschirm zu nehmen. Anna packte gerade die Tasche für den Ausflug ins Schwimmbad und seufzte leise, bevor sie antwortete: »Ja, Schatz, der Mann mit dem Bart.« Paul starrte seinen Großvater an. Er fühlte eine unbestimmte Verbundenheit zu ihm, obwohl er sich kaum an ihn erinnern konnte. »Wie hieß er nochmal, Mama?«, fragte er vor sich hin. Anna seufzte wieder und legte ihre Stirn in Falten. Sie atmete tief durch und versuchte, möglichst ruhig zu antworten. Den angespannten Ton ihrer Stimme bemerkte Paul nicht, als sie sagte: »Professor Gustav Brenkenhoff. Aber das habe ich dir doch schon hundert Mal gesagt.« Ohne eine Antwort ihres Sohnes abzuwarten, fügte sie hinzu: »Und jetzt mach das Video aus, wir wollen los.«

Jetzt lass ihn doch seinen Großvater bewundern.

Paul stand nur langsam auf, immer noch den Blick auf das Tablet gerichtet. »Gleich, Mama!«, sagte er, bewegte sich aber irgendwie in ihre Richtung. Vermutlich zeigte er damit, dass er sie gehört hatte.

Dennoch wollte er das Video bis zum Ende anschauen. Es faszinierte ihn immer wieder. »Gleich, gleich!«, sagte Anna verärgert und nahm Paul das Gerät aus der Hand. »Das sagst du immer und dann dauert es noch Stunden!« Sie legte das Tablet auf die Kommode im Flur und hob die gepackte Schwimmtasche auf. »Wir gehen schließlich wegen dir schwimmen, da erwarte ich schon mehr Hilfe.« Paul schaute seine Mutter an und schien darüber nachzudenken. Schließlich fragte er: »Kommt Papa mit?« Anna schüttelte den Kopf und wiederholte: »Nein. Du weißt doch, dass Papa gerade an etwas sehr Wichtigem arbeitet und dafür seine Ruhe braucht.« Nun seufzte Paul und ließ dabei seine Schultern hängen: »Aber du bist langweilig, willst immer nur rumsitzen. Papa kann viel besser spielen als du!«

Du verhätschelter Bengel. Zu meiner Zeit wärst du damit nicht durchgekommen.

Anna rollte nur mit den Augen und ging zur Tür. Draußen schien die Sonne. Es hieß, dies sei der heißeste Sommer seit mehreren Jahrzehnten und die Temperaturen seien höher als in Nordafrika. Das war für diese Kleinstadt bei Hannover ungewöhnlich hoch und bescherte den vielen Bauern in der Region deutliche Ernteausfälle. Für die Schwimmbäder war das Wetter allerdings ein Segen, denn sie wurden besser als je zuvor besucht. Anna und Paul stiegen auf ihre Fahrräder. Der Weg war nicht weit und es lohnte sich nicht, in das aufgeheizte Auto zu steigen. Ehe die Klimaanlage eine angenehme

Temperatur erreichte, wären sie schon längst da. Außerdem hofften sie auf kühlenden Fahrtwind.

»Warum wurde Opa so oft fotografiert?«, fragte Paul, während sie sich abmühten, schneller zu werden. Anna stöhnte vor Anstrengung. Vielleicht war es doch keine gute Idee, mit dem Fahrrad zu fahren, aber nun musste sie durchhalten.

»Opa hat etwas geschafft, was noch nie jemand zuvor geschafft hat, Schatz. Das ist ziemlich kompliziert«, keuchte sie, »Ich verstehe es selbst nicht so genau.«

Du warst noch nie klug genug für meinen Sohn. Und kochen kannst du auch nicht.

»War er berühmt, Mama?«, hakte Paul nach. Anna nickte. »Sehr.«

Das Freibad in Pattensen war überfüllt und auf den Schattenplätzen lagen die Decken und Handtücher nahtlos nebeneinander. Dabei war es im Schatten nur wenige Grad kühler als in der Sonne und einen Sonnenbrand konnte man auch da bekommen. Anna und Paul fanden einen gerade frei gewordenen Platz in der Nähe des Wassers. Anna hatte einen alten Sonnenschirm eingepackt, der noch aus den Achtzigerjahren stammte. Die grünen, gelben, weißen und blauen Streifen waren aus heutiger Sicht nicht sehr ästhetisch, aber bei diesem Wetter fragte niemand danach. Die Stange, die man zum Aufstellen des Schirms in den Boden stecken konnte, hatte bereits zahlreiche Roststellen. Dennoch war sie stabil genug, um ihre Aufgabe zu erfüllen.

Während Anna die Handtücher ausbreitete, lief Paul schon zum Wasserbecken. Mit Anlauf und einem beherzten Sprung tauchte er ins kühlende Wasser ein. Er lächelte. Dann drehte er sich um und winkte seiner Mutter zu. Anna erwiderte die Geste und setzte sich anschließend auf die ausgebreitete Decke.

--

Am nächsten Tag war es wenige Grad kühler. Anna bereitete schon morgens das Mittagessen vor. Sie hatte nicht viel Energie zum Kochen und setzte deshalb einen Kartoffelsalat an. Dazu sollte es kalte Fleischbällchen geben. Das ging schnell und sie wusste, dass ihr Sohn und ihr Mann Martin das gerne aßen. Paul spielte derweil mit dem Ball auf dem Hof.

Gut, dass du nach den Ferien in die Schule kommst, damit diese Zeitverschwendung aufhört.

Pauls Schüsse waren weder sehr genau, noch sehr stark. Hin und wieder landete er aber mal einen Glückstreffer, der den Ball mit lautem Knall gegen die Wand der Scheune katapultierte und in hohem Bogen zurückwarf. In solchen Momenten freute er sich besonders und hatte für einen Augenblick das Gefühl, ein fußballerisches Genie zu sein. Ansonsten war er kein Fußballnarr und interessierte sich auch nicht sonderlich dafür. Das Schießen und

Werfen des Balls ohne die ganzen Regeln und Vorbilder machten ihm aber viel Spaß. Unverhofft gelang ihm wieder ein kräftiger Schuss gegen die Wand. Er riss laut jubelnd die Arme hoch, was jedoch durch den Lärm eines vorbeifahrenden LKWs auf der am Hof direkt vorbeiführenden Bundesstraße unterging.

Pass doch auf!

Der Ball schnellte zurück und traf Paul mit ganzer Wucht auf der Nase.

Autsch! Verdammt! Junge!

Paul war zuerst geschockt. Als er realisierte, was geschehen war, fing er an zu weinen. Es dauerte einen Augenblick, bis Anna durch das Küchenfenster das Weinen wahrnahm. Sie unterbrach umgehend ihre Vorbereitungen für das Mittagessen und eilte nach draußen. »Paul! Was ist passiert?«, rief sie ihm zu. Paul stand nur da, hielt sich die blutende Nase und schrie. Weniger vor Schmerz, vielmehr vor Angst und Schreck. Anna nahm ihn in die Arme und versuchte, ihn mit liebevoller Stimme zu beruhigen: »Alles ist gut, Schatz. Lass mich mal sehen.« Paul weinte weiter und schüttelte den Kopf: »Nein! Nicht anfassen!«

Sieh, was du mit deiner nachlässigen Erziehung angerichtet hast! Er ist ein verweichlichter Bengel!

Anna nahm Paul noch einmal in die Arme und geleitete ihn dann sanft ins Haus. Sie ging an den Tiefkühler und holte eine Kältekompresse heraus, zeigte sie ihm und sagte mit ruhiger Stimme: »Das wird den Schmerz lindern, Schatz, und die Blutung auch.« Zögerlich ging Paul darauf ein und gab seine Nase frei, die an der Spitze etwas angeschwollen war. Anna legte die Kältekompresse auf den Nasenrücken und hielt sie so vorsichtig wie möglich fest.

Ah, das tut gut. Was für ein unangenehmer Schmerz.

»Fühlt sich das besser an, Schatz?«, fragte Anna nach einer Weile. Paul nickte, sagte »Ja, Mama«, und schluchzte noch einmal. Anna lächelte und blickte ihren Sohn an, während sie über seine Vergangenheit nachdachte: *Du hast dich so toll entwickelt, mein Sohn. Gut, dass dein Großvater sich vor seinem Tod mit diesen Elektroden um deine Entwicklungsstörung gekümmert hat.*

Anna wurde aus ihren Gedanken gerissen, als Paul wie aus dem Nichts feststellte: »Ich habe Hunger!« Sie musste vor Erleichterung lachen. Es ging ihm gut. »Das Essen ist noch nicht fertig, aber ich kann dir ein Brot schmieren. Fleischwurst?« Paul schien damit einverstanden zu sein und fügte hinzu: »Und ein großes Stück Fleischwurst auf die Hand!«

--

Es war dunkel im Haus, als alle schliefen. Hin und wieder surrte eine Mücke durch einen der Räume und landete zielsicher auf irgendeiner freien Hautstelle.

Steh auf! Mach schon!

Pauls Augen zuckten. Dann die Finger. Langsam und etwas unbeholfen stand er schließlich auf, die Augen starr geöffnet, das Gesicht ausdruckslos. Die ersten Schritte wirkten hölzern, als wäre er seit Wochen nicht mehr gelaufen. Er ging zur Zimmertür, öffnete sie und suchte dann seinen Weg zur Treppe. Die rechte Hand fasste den Handlauf und er ging Stufe für Stufe ins Erdgeschoss. Dort drehte er sich nach rechts und ging an der Treppe entlang zum Kellereingang, hinter dem eine weitere Treppe nach unten führte. Er war diesen Weg schon unzählige Male gegangen und brauchte kein Licht. Im Keller angekommen ging er wieder an der Treppe entlang, drehte sich nach rechts und blieb vor der Wand stehen. Kurz darauf war er dahinter verschwunden.

--

Am nächsten Morgen wachte Paul früh in seinem Bett auf. Er fühlte sich ausgeruht und erholt. Anna und Martin schliefen noch, sodass Paul sich das Tablet nahm, um noch einmal das Video anzuschauen.

»… verleihen wir Professor Gustav Brenkenhoff hiermit den mit 2,5 Millionen Euro dotierten Societo-Preis für Neurowissenschaften. Seine Erfolge bei der digitalen Konservation des menschlichen Bewusstseins und der damit verbundenen erfolgreichen Spiegelung menschlicher Gedächtnisstrukturen lösten zentrale Fragen zur Lokalisierung und Separation zerebraler Engramme mit Hilfe mnemonischer Ribonukleinsäure …«

Paul blinzelte, wie er es immer tat, wenn er etwas nicht verstand. Er hatte keine Ahnung, was dieser Satz bedeutete, aber für ihn waren die Bilder ohnehin wichtiger. Nachdem er sich die Szene oft genug angesehen hatte, legte er das Gerät weg. Inzwischen waren Anna und Martin wach und begannen mit ihrer üblichen Routine des Tages: Duschen, Zähne putzen, anziehen, frühstücken. Wie sein Vater aß Paul morgens am liebsten salzig. Nur hin und wieder wünschte er sich ein Brot mit Nuss-Nougat-Creme oder süßem Fruchtaufstrich. Heute war so ein Tag und er griff nach der von Anna selbst gemachten Erdbeermarmelade.

Rühr das Zeug nicht an!

Paul stockte kurz, bevor er das Glas erreichte. Seine Hand bewegte sich in kleinen Schüben davon weg und zur Salami etwas weiter rechts.

Ich habe es geschafft! Ich mache Fortschritte!

Paul legte eine Scheibe Salami auf sein Brot. Er blinzelte und sein Blick wanderte von der Salami zur Marmelade. Er wollte heute süß essen, unbedingt. Er schnaubte leise, als er mühsam die Hand wieder zum Fruchtaufstrich bewegte, um anschließend sein Salamibrot damit zu beschmieren.

Das ist widerlich, sowas kann man doch nicht essen!

Paul war verwirrt und sah zu seinen Eltern, doch die schienen nichts bemerkt zu haben. Er behielt dieses Erlebnis lieber für sich. Sie würden ihn sonst bloß wieder zum Arzt bringen. So machten sie es jedes Mal, wenn er etwas Ungewöhnliches an sich bemerkte. Und wie immer würde der Arzt sowieso nichts finden. Manchmal fanden sie nicht einmal die Ader zum Blutabnehmen, was Paul besonders unter Stress setzte. Er hasste Spritzen. Noch mehr hasste er es aber, wenn mehr als ein Versuch nötig war, um ihm die Spritze zu verabreichen.

»Papa, spielen wir gleich etwas zusammen?«, fragte er schließlich, um sich abzulenken. Martin schaute Paul an und machte ein verkniffenes Gesicht. Er seufzte: »Es tut mir leid, mein Junge, aber ich arbeite an dieser wichtigen Sache ...« Paul unterbrach ihn mit einem lauten Stöhnen: »Oh Mann, ja, ich weiß schon. Nie hast du Zeit für mich. Spiele ich eben alleine.« Martin biss seine Zähne aufeinander. Es schmerzte ihn, seinem Sohn so oft eine Absage zu erteilen. »Es tut mir wirklich leid«, wiederholte er schließlich.

Das braucht es bald nicht mehr. Bald werden wir wieder zusammenarbeiten.

--

In der darauffolgenden Nacht stand Paul wieder im Keller vor der Wand. Er streckte die Hand aus und drückte einen dort eingelassenen und gut versteckten Knopf. Mit einem leisen Zischen wurden schmale Schlitze auf der Oberfläche sichtbar. Es klackte kurz und ein Stück der Wand glitt zur Seite. Paul trat durch die Öffnung, die sich hinter ihm wieder verschloss. Er schaltete das Licht an, dann den Computer.

--

Martin war am nächsten Tag vor allen anderen aufgestanden und zur Arbeit gegangen, bevor Paul in die Küche kam. Anna saß am Tisch und las Zeitung. Ihr Gesicht war ernst. »Hallo Mama.« Anna reagierte nicht. »Mama?«, schob Paul nach. »Hmm?«, fragte Anna abwesend, wandte dann aber Paul den Blick zu und versuchte zu lächeln. »Guten Morgen, Schatz«, sagte sie schließlich. Paul setzte sich hin und begann, sich ein Brot zu schmieren. Wie immer nahm er zu viel Butter, drückte etwas zu fest auf, so dass das Brot an einigen Stellen riss, und schmierte die überschüssige Butter am Rand der Butterdose ab. Während er die Salami auf sein Brot legte, fragte er: »Wo ist Papa?« Anna faltete die Zeitung zusammen und legte sie auf den Tisch. »Papa ist heute früher zur Arbeit gegangen«, erklärte sie, »damit er auch früher wieder zu Hause ist. Er möchte heute Nachmittag Zeit mit dir verbringen.« Paul lächelte freudig und dachte schon darüber nach, was er mit seinem Vater alles unternehmen wollte. Sein Blick fiel dabei auf die aufgeschlagene Zeitung.

»ICSRD beschließt Abschaltung von Brenkenhoff-Experiment"? Das können die nicht machen, ich brauche die Daten noch!

«Dinosaurier!«, rief Paul plötzlich. »Ich spiele Dinosaurier mit Papa!« Anna zuckte kurz zusammen und antwortete schmunzelnd: »Eine gute Idee, auch wenn ich sie mir etwas leiser gewünscht hätte.« Paul senkte den Kopf. »Tschuldigung.«

Vergiss die Dinosaurier, geh in den Keller! Mir rennt die Zeit davon!

Paul stand auf und wollte die Küche verlassen. »Augenblick!«, hielt Anna ihn auf. Paul blieb stehen und drehte sich langsam um. »Kannst du nicht den Tisch abräumen, Mama? Bitte! Ich muss doch die Dinos zusammensuchen«, bettelte er und versuchte, einen gequälten Gesichtsausdruck aufzusetzen. Anna seufzte und winkte dann ab. Paul stieß ein »Ja!« aus und verließ die Küche. Anna überflog noch einmal den Zeitungsartikel.

»... beschloss das International Committee for Scientific Research and Development (ICSRD) vier Jahre nach dem Tod Brenkenhoffs durch einen Autounfall die Abschaltung des Server-Clusters mit seinem digitalisierten Bewusstsein. Als Begründung gab Generaldirektorin Abena Diallo an, dass einige Fragmente unbemerkt in das öffentliche Netzwerk gelangt seien und sich daraus eine nicht abzuschätzende Gefahr ergäbe."

Anna faltete die Zeitung zusammen und legte sie zur Seite auf die Sitzbank. Einen Augenblick dachte sie über den Artikel nach und flüsterte dann: »Es wurde Zeit.« Sie stand auf und ging in das Kinderzimmer im Obergeschoss. Paul saß zwischen all seinen Spielzeugdinosauriern, die so zahlreich waren, dass Anna

Schwierigkeiten hatte, auf keinen draufzutreten. Sie setzte sich zu ihrem Sohn und half ihm beim Sortieren.

--

Paul setzte sich die stark verkabelte Kappe auf, nachdem er die Computer eingeschaltet hatte. Die Kontakte innerhalb der Kappe mussten zuvor mit einer Art Leitpaste bedeckt werden. Die war körnig und sorgte dafür, dass es zuweilen juckte. Paul schien das nicht zu stören. Er wirkte konzentriert. Seine Finger flogen über die Tastatur und ergänzten fehlende Parameter in der Eingabemaske auf dem Bildschirm.

Komm schon. Komm schon.

Nach dem Starten des Programms setzte er sich auf einen Stuhl neben dem Computer, lehnte sich zurück und schloss die Augen.

--

Die Sonne schien gleißend, als Paul am nächsten Morgen erwachte. Er schlug die dünne Decke zurück und stand auf. Dann nahm er sich einen der Dinosaurier, die noch auf dem Boden verteilt waren, und ging die Treppe runter in die Küche. Anna und Martin waren noch im Bad. Paul öffnete den Kühlschrank und blickte nachdenklich hinein. In einer zielgerichteten Bewegung griff er nach dem Harzer Käse und holte ihn heraus. Ohne zu zögern biss er hinein, kaute das Stück und schluckte es herunter. Paul blinzelte und verzog angewidert das Gesicht. Dann nahm er einen zweiten Bissen.

Heureka! Nun muss ich nicht mehr darauf warten, dass du schläfst.

Er legte den Käse zurück, als Anna die Küche betrat. »Guten Morgen, Schatz. Du bist schon hier?«, sagte sie überrascht und lächelte. Paul nickte: »Ich hatte Hunger. Ist Papa schon wieder weg?« Anna legte ein Kaffeepad in die Maschine und schüttelte den Kopf: »Nein, er ist noch im Bad.« Paul dachte kurz nach und hakte dann nach: »Aber er geht heute zur Arbeit?« Die Kaffeemaschine brummte laut, während sie das Wasser durch das Kaffeepad drückte und einen angenehmen Kaffeegeruch verströmte. »Ja, tut mir leid, Schatz«, antwortete Anna, während sie eine zweite Tasse aus dem Hängeschrank holte. Paul öffnete die Besteckschublade und holte zu Annas Erstaunen passendes Besteck für das Frühstück heraus. »Das ist okay«, sagte er beiläufig, »und du kannst dich heute auch ausruhen. Ich werde einfach draußen auf dem Hof spielen.« Anna hielt den frisch aufgebrühten Kaffee in der Hand und schaute Paul ungläubig an. Sie runzelte leicht die Stirn und fragte: »Ist alles in Ordnung?« Paul nickte. »Na klar«, sagte er und setzte sich an den Tisch. Anna gesellte sich dazu und schließlich kam auch Martin in die Küche. Gemeinsam verbrachten sie ein harmonisches Frühstück. *Und jetzt verschwindet! Lasst mich endlich unbeobachtet!*

Nachdem Martin gegangen war, wiederholte Paul sein Angebot: »Leg dich ruhig wieder hin, Mama, ich gehe spielen.« Anna schaut ihren Sohn stolz an. Es war das erste Mal, dass er sich um ihr Wohlbefinden zu kümmern schien. »Danke, Schatz, das mache ich. Geh ruhig schon raus, ich räume noch den Frühstückstisch ab.«

Verdammt, kannst du dich nicht einfach hinlegen und schlafen?

Paul zögerte etwas, ging dann aber in den Flur und nahm sich den dort liegenden Ball. »Viel Spaß, Schatz, und bleib auf dem Hof!«, rief Anna ihm hinterher. Kurz darauf hörte sie die Haustür, wie sie ins Schloss fiel. Einen kurzen Moment später konnte sie Paul durch das Küchenfenster sehen und winkte ihm zu. Paul erwiderte die Geste und begann langsam, mit dem Ball zu spielen. Er schoss ihn mehrere Male gehen die Wand der Scheune. Mal kräftig, mal weniger kräftig. Sein Gesicht blieb dabei ernst und hin und wieder schaute er zum Küchenfenster. Anna war noch immer dort. Sie hatte sich einen weiteren Kaffee gemacht, das Radio eingeschaltet und beobachtete Paul durch das Fenster.

Jetzt geh' endlich schlafen! Du tust doch sonst immer so müde!

Paul trat den Ball mit voller Kraft. Er prallte gegen die Scheunenwand und flog in hohem Bogen auf die Einfahrt zu. Paul folgte ihm mit seinem Blick. Anna legte gerade ihren Kopf in den Nacken, um der

Tasse den letzten Schluck Kaffee zu entlocken. Im Radio liefen die Nachrichten: »… einigten sich die Mitglieder des International Committee for Scientific Research and Development für die Abschaltung des Brenkenhoff-Experiments auf den 14. August, den 4. Todestag des Wissenschaftlers.«

Pauls Beine zitterten.

Stopp! Tu … was … ich … will!

Er blinzelte. Seine Haut kribbelte.

Ich muss die Kontro…!

Unvermittelt lief Paul dem Ball hinterher, der gerade den Hof über die Einfahrt verließ.

Nein! Bleib stehen! Trotziges Kind!

Anna warf wieder einen Blick aus dem Fenster, konnte Paul aber nicht sehen. Sie stand langsam mit suchendem Blick auf. Ihre Augen weiteten sich, als das dröhnende Hupen eines LKWs und das Ohren betäubende Quietschen schwerer Reifen die Musik des Radios übertönten.

Anna schrie.

Alexander Kühl

Lisa

Mit ganzer Kraft trat Georg Kramer in die Pedale. Über die Kopfhörer seines MP3-Players drangen harte Metal Töne in seine Ohren. Die Autos, die an ihm auf der Landstraße vorbeirasten, hörte er nicht. Der kalte Wind presste sich in sein Gesicht, doch er war in Gedanken an seinen letzten Traum versunken. Letzte Nacht hatte er von seiner Frau Franziska geträumt. Sie hatte gelächelt und ihm gesagt, dass sie ihn liebe.

Seit er aufgewacht war, fühlte er sich einsam. Er wusste, dass das, was er sich wünschte und was ihn glücklich machen würde, nur ein Traum und unerreichbar war. Seine Beine hatten plötzlich keine Kraft mehr und es strengte ihn sehr an, sein Fahrrad auf Kurs zu halten. Er konnte sich nicht erklären, wie es soweit hatte kommen können. Er war verheiratet mit einer attraktiven und klugen Frau, die ihn nicht mehr liebte. Sie war eine anerkannte Biomolekularchemikerin, und er nur ein Phantast. Ein Träumer, der sich mit Kurzgeschichten in Tageszeitungen über Wasser hielt. Sie hatte ein langjähriges Studium hinter sich und er war froh, wenn der Unterricht vorbei war. Ihre Welt war klar strukturiert, alles erklärte sich in biochemischen Prozessen und er war ein Chaot mit der Auffassung, dass es einfach mehr geben musste als das. Georg hatte die Vermutung, dass sie das, was sie am

Anfang ihrer Beziehung als spannend empfunden hatte, nun abstoßend fand. Dennoch liebte er Franziska, auch wenn diese Empfindung eine Einbahnstraße war. Georg war wie in einem Hamsterrad gefangen, in dem er aussichtslosen Sehnsüchten hinterherrannte. Manchmal dachte Georg, dass er bereits tot und in der Hölle gelandet war, weil all seine Liebesbemühungen und all sein Kampf mit Zorn und Verachtung beantwortet wurden. Er war ein Untoter. Ein verlorener Mann. In den Augen seiner Frau war er eine Null, ein Träumer und ein Waschlappen. Franziska ließ keine Situation und Möglichkeit aus, ihn zu demütigen. Die Musik hämmerte durch die Kopfhörer in seine Ohren, sodass er nicht den Bus bemerkte, der hinter ihm fuhr, als er ohne den linken Arm auszustrecken mit dem Fahrrad schwungvoll an der Kreuzung abbog. Georg spürte keinen Schmerz, als das Fahrzeug ihn erfasste und einige Meter mit sich schleifte. Auch die Bässe und harten Gitarrenriffs waren verstummt. Es war kalt und dunkel.

Georg öffnete die Augen. Wohliger Kaffeegeruch stieg ihm in die Nase. Ein warmer Sommerwind wehte durch das Schlafzimmerfenster und die Gardine schien zu tanzen. Amüsiert beobachtete er das Treiben und sein Kopfschmerz, der sich in seiner Stirn eingenistet hatte, trat etwas in den Hintergrund. Er war so fasziniert von der tänzelnden Gardine, dass er nicht einmal bemerkte, dass er keine Orientierung hatte. Er wusste nicht, wo er war, und konnte auch nicht die Frauenstimme zuordnen, die hinter ihm plötzlich freundlich seinen Namen rief. »Georg, geht es dir wieder besser?«

Er drehte sich der Stimme entgegen und sah in die blauen Augen einer rothaarigen Frau. Sie hatte ein hübsches Gesicht und eine süße Stupsnase. Ihre Augenbrauen waren schmal und ebenfalls rot. Er hatte diese Frau noch nie in seinem Leben gesehen und fühlte sich ihr trotzdem so nah.

»Warte, Schatz, ich hole dir ein Glas Wasser.« Ihre Stimme klang sanft, liebevoll und so fürsorglich. Dass es nicht Franziska war, die da mit ihm sprach, war sicher, aber wer war es dann? In welcher Wohnung befand er sich? Es schien, als hätte er sein Kurzeitgedächtnis verloren, oder war er tot? War das der Himmel und die Frau sein Schutzengel? Die Rothaarige mit den malerisch gezeichneten Sommersprossen und der süßen Stupsnase kehrte zurück und streckte ihm ein Glas Wasser entgegen. Georg starrte sie voller Faszination an.

»Die Ärzte haben uns ja vorgewarnt, dass das öfters passieren wird. Dein Kreislauf ist zusammengebrochen und wie es scheint, ist deine Erinnerung wieder weg. Mach dir keine Sorgen, die ist in ein bis zwei Stunden wieder da.«

Georg nahm einen tiefen Schluck aus dem Glas und als das kühle Nass seinen Hals herunterrann, hatte er das Gefühl, niemals so leckeres Wasser getrunken zu haben.

»Was ist passiert?« Mit großen Augen sah Georg sie fragend an, während er sich am Glas festhielt. Sanft glitt sie mit der linken Hand über sein Haar.

»Du hattest einen Unfall. Du warst mit dem Fahrrad auf dem Weg zur Arbeit und wurdest von einem Bus zehn Meter mitgeschleift. Du hattest großes Glück, dass du nicht gestorben bist.«

Sie bekam feuchte Augen, als sie ihn ansah und begriff, dass Georg wieder einmal nicht wusste, wer sie war.

»Wo ist Franziska?«

Sie schluckte. Diese Frau war einer der schlimmsten Menschen, die ihr im Leben je begegnet waren. Ihr fehlte jede Form von Empathie. Sie wusste nicht, was Georg in seiner Ehe erlebt hatte, doch konnte sie sich nicht vorstellen, dass es wert war, in Erinnerung zu bleiben. Doch trotzdem erkundigte er sich bei jedem Blackout nach seiner Exfrau Franziska.

»Deine Frau hat dich verlassen, während du in der Klinik um dein Leben gekämpft hast. Kurz nachdem ihr mitgeteilt wurde, dass du aus dem Koma erwacht bist, tauchte sie auf und hat dich die Scheidungsdokumente unterschreiben lassen.«

Georg schluckte und versuchte, das Gehörte erst einmal zu verarbeiten. Er konnte so schnell nicht abschätzen, ob das gut oder schlecht für ihn war. Er tendierte eher dazu, dass es gut war.

»Wir sind zusammen?« Georg schämte sich ein wenig für diese Frage, da er spürte, dass er die junge Frau damit verletzte, doch seine Neugierde war grenzenlos.

»Ja, das sind wir!« Sie lächelte und wischte sich die Tränen aus den Augen.

»Wie heißt du?«

»Lisa.«

»Wo bin ich?«

»In meiner Wohnung.«

Diese Situation war für Georgs neue Lebenspartnerin nicht neu, denn die kurzeitigen Erinnerungsaussetzer traten alle zwei bis fünf Tage auf. Mittlerweile hatte sie herausgefunden, dass er in diesem Zustand exakt nur die Erinnerungen bis zu seinem Unfall hatte. Georg stellte immer wieder die gleichen Fragen und obwohl sie darauf vorbereitet war, tat es ihr stets weh, ihren Freund in diesem Zustand zu sehen. Da sie wusste, welche Fragen Georg noch stellen würde, versuchte sie schließlich, all seine Fragezeichen in seinem Kopf zu lösen.

»Ich bin eine der Krankenschwestern auf der Intensivstation gewesen. Monatelang habe ich dich gepflegt und dir geholfen, deinen Kampf zu gewinnen. Ich habe deine Frau beobachtet während ihrer Besuche auf der Station. Ich hatte das Gefühl, dass sie hoffte, dass du stirbst.« Georgs Lächeln verschwand, seine Erinnerungen an Franziska waren auf einmal allgegenwärtig. Er konnte plötzlich wieder den Hass spüren, der aus ihren Augen quoll, wenn sie diese aufriss, während sie ihn anschrie. In seinem Kopf schienen sich außerdem gerade einige Puzzleteile zusammenzufügen.

»Das wird auch so gewesen sein. Ich hatte schon lange das Gefühl, dass sie die Scheidung wollte und …«

»… ihr nur der Mut zum letzten Schritt gefehlt hat.« Lisa führte den Satz zu Ende. Georg schaute verwundert zu ihr auf.

»Diese Unterhaltung führen wir nicht zum ersten Mal?«

Sie musste lachen. »Oh nein. Wir führen sie jede Woche und das seit etwa zwei Monaten.«

»Wie hältst du das nur aus?« Georg schmunzelte.

»Liebe muss nichts aushalten!«

Georgs Lächeln kehrte zurück. Liebe? Diese Antwort berührte ihn. Wie lange hatte er darauf warten müssen, dass jemand an seiner Seite so etwas zu ihm sagte. Da war sie plötzlich, diese Magie, nach der er sich verzehrt hatte. So fühlte sich also Glück an. Georg liefen Tränen an den Wangen hinunter.

»Ich habe nur jedes Mal die Hoffnung, dass es das letzte Mal ist«, fügte Lisa mit dieser unglaublichen Sanftmut in ihrer Stimme hinzu.

Georg griff nach ihrer Hand. Er war glücklich, denn dies bedeutete, dass er jede Woche diese Glücksgefühle hatte. Lisa strich ihm mit den Fingern sanft über die Wange und wischte die Tränen weg.

»Schatz, manchmal frage ich mich, warum du gerade die Erinnerung an mich verlierst und nicht die an deine Exfrau.«

Georg nickte ihr zustimmend zu. »Das wäre natürlich etwas, wenn ich all die schlechten Erinnerungen an Franziska einfach löschen könnte. Wenn ich wüsste, wie, würde ich es auf der Stelle tun.«

Lisa griff mit beiden Händen nach seinen Kopf und zog diesen dichter zu sich heran. Ihre Lippen berührten sich und ihre Zunge glitt in seinen Mund. Plötzlich riss der graue Schleier, der auf seinem Gedächtnis lag, und alles wurde klar. Die Erinnerungen kehrten zurück. Da war Lisa neben seinem Krankenbett und las ihm aus einer Tageszeitung vor. Der Klang ihrer Stimme war voller Sanftmut und er genoss jedes Wort, das aus ihrem Mund drang. Ihr Lächeln, mit welchem sie jeden Tag den Sonnenschein auf die Station brachte. Ihr Herz, das voller Liebe war. Ihre Hände, die so zärtlich waren, wenn sie damit über seine Arme glitt. Georg sah, wie sie gemeinsam das Krankenhaus verließen und er bei Lisa einzog. Gemeinsam überstanden sie schlechte Tage und genossen die guten. Er erinnerte sich plötzlich an ihre Lippen, die so weich und großzügig waren, wenn sie sich küssten oder sie damit über seinen Körper glitt. Plötzlich war sich Georg darüber bewusst, dass er alles hatte, wonach er sich sehnte.

Er war ein glücklicher Mensch. Er glaubte sogar, der glücklichste von allen zu sein.

Der Kopfschmerz breitete sich wieder aus und er vernahm aus der Ferne einen monotonen wiederkehrenden Piepton. Er hörte Stimmen. Waren die in seinem Kopf? Sie waren verzerrt, so dass er nichts verstand. Er bildete sich aber ein, die Stimme von Lisa und seiner Exfrau zu hören. Kälte machte sich wieder breit und seine Sehkraft schien nachzulassen, bis er in die Dunkelheit starrte.

»Frau Kramer, überlegen Sie sich das bitte noch einmal. Schlafen Sie wenigstens eine Nacht darüber. Solche Entscheidungen trifft man doch nicht aus dem Bauch heraus.« Lisa war außer sich und hielt sich, als wenn sie Georg schützen müsste, an seinem Krankenbett auf der Intensivstation fest. Franziska trat einen Schritt näher an Lisa heran und blickte auf das Namensschild.

»Schwester Lisa, es ist mit Sicherheit nicht so, als wenn ich das jetzt spontan entschieden hätte. Ich denke, dass es für alle Beteiligten einfach das Beste ist.«

Lisa wollte es nicht akzeptieren. Sie glaubte immer noch daran, dass der Patient, den sie in den letzten Wochen in ihr Herz geschlossen hatte, wieder gesund werden würde. Seit vier Monaten lag er im Koma und obwohl die Prognose schlecht ausfiel, hatte sie zu viel erlebt, um einfach so ein Menschenleben aufzugeben. Ihr Blick fiel auf den Beatmungsschlauch, der per Luftröhrenschnitt den Sauerstoff in seine Lungen pumpte. Seine Augenlieder zuckten.

»Haben Sie das gesehen?«, rief Lisa euphorisch.

»Was?« Franziska Kramer reagierte genervt, als ob sie das Ganze nun ohne weitere Störungen über die Bühne bringen wollte.

»Er hat die Augen bewegt. Das machen sie, wenn sie Stimmen wahrnehmen.«

»Das wissen wir nicht, das ist nur eine Vermutung.« Der Stationsarzt Doktor Friebel mischte sich ein. Man merkte ihm an, dass er mit der Situation nicht glücklich war. Lisas Blicke wandten sich wieder an Franziska Kramer.

»Sie klingen, als ob Ihnen das alles völlig gleichgültig wäre.«

»Ich möchte ehrlich mit Ihnen sein. Mein Mann und ich führen schon länger keine Bilderbuchehe.«

»Das klingt ja sogar danach, als ob es Ihnen jetzt sehr ungelegen käme, wenn Ihr Mann plötzlich die Augen öffnen würde.«

Franziska Kramer riss die Augen auf und es schien, als kröche der Hass daraus. Sie war kurz davor, überzureagieren, doch sie riss sich zusammen. Sie dachte daran, dass sie das Ganze, diesen Betriebsunfall ihres Lebens gleich hinter sich lassen würde. Sie atmete tief durch.

»Gute Frau. Selbst der Umstand, dass unsere Ehe nicht mehr intakt war, ändert nichts daran, dass es auch für meinen Mann einfach das Beste ist. Wie lange soll er denn noch wie ein Untoter hier rumliegen? Bis er an Altersschwäche stirbt? Wir wissen doch gar nicht, welche Qualen er gerade durchlebt.«

In diesem Augenblick wirkte es, als würde Georg lächeln. Franziska Kramer gab dem Stationsarzt Doktor Friebel das Zeichen, die Maschinen abzuschalten. In Lisas Augen sammelten sich Tränen und liefen an den Wangen herunter. Georgs Frau wandte sich ab und verließ die Station.

»Dinge bis zum letzten Schritt durchzuziehen, ist wohl nicht Ihre Stärke. Sie lassen wohl gern andere die Drecksarbeit für sich machen!«, rief Lisa ihr hinterher. Sie griff nach Georgs Hand und drückte sie fest an sich. Er lächelte noch immer und schien glücklich.

»Wenigstens gehst du mit einem Lächeln.«

Doktor Friebel stellte alle Gerätschaften ab. Es dauerte nicht lange, bis ein dauerhafter monotoner Ton durch die Intensivstation jagte. Georgs Herz hatte aufgehört zu schlagen.

Alexandra Mazar

Nachtkrabb

Es war einmal ein kleines Mädchen, nicht besonders klug, nicht besonders hübsch und nicht besonders nett. Es wuchs bei seinem Großvater auf, in einem kalten, zugigen und winzigen Siedlungshäuschen. Das Dach lief so spitz zu, dass man es dazu verwenden konnte, ein Loch in ein Hühnerei zu stechen, damit die Schale beim Kochen nicht aufplatzte. Nur wenn man keine Nadel zur Hand hätte, erklärte der Großvater lächelnd und kniff dabei die Augen zu schmalen Schlitzen zusammen, als würde ihm die morgendliche Sonne direkt in die Augen scheinen. Klara, so hieß das kleine Mädchen, kannte diesen Ausdruck. Es war das Lügengesicht oder das Geschichtengesicht oder das komische Gesicht. Die Konturen von Mund, Nase und Augen zogen sich nach oben und schienen in den grauen Regenwolken zu verschwinden, die sich am Herbsthimmel bedrohlich zusammenzogen und Klara etwas Angst machten. Schatten strömten durch das offene Fenster ins Zimmer und legten sich für einen kurzen Moment über den alten Mann. »Opa, was ist denn los? Habe ich etwas falsch gemacht?« Das junge Mädchen wollte ihren Großvater unter keinen Umständen verärgern. Dieser winkte ab und brummte: »Ich gehe in meine Werkstatt und möchte nicht gestört werden.« Dann schob er seinen hageren Körper langsam und bedächtig durch die Tür und verschwand, ohne ein

Geräusch zu verursachen, nach draußen. Klara blickte ihm hinterher, ihr Herz trabte ein klein wenig zu schnell und die bekannte Angst kroch kalt und unangenehm über ihre Beine nach oben. Klaras Leben war ein wiederkehrendes Fallen in eine Lüge oder Geschichte mit einem bösen Ende, lauernd wie ein gefährliches Tier, bereit, sie zu packen. Ich bin elf Jahre alt, murmelte sie unablässig, und der warme Klang ihrer Stimme trieb die kalten Schleier zurück in die Düsterkeit dieses kalten Oktobernachmittags.

Klara lebte alleine bei ihrem Großvater. Sie besaß keine Erinnerung an ihre Eltern oder ihre Großmutter. Alexander, ihr Großvater, hatte ihr die Geschichte erzählt. Wie fast jeden Abend saßen beide vor dem offenen Kamin, blickten ins Feuer und er schenkte dem Mädchen seine Erinnerungen. Klara durfte jede Frage stellen, die ihr in den Sinn kam, nur nicht die Frage, was jeden Nachmittag in der Werkstatt geschah. Der Geruch des brennenden Holzes schläferte Klara ein. »Erzähl mir von Mama und Papa.« Sie zog die Decke bis zu ihrem Kinn und sah ihren Großvater erwartungsvoll an. Alexander schwieg lange Zeit, er atmete ruhig, sein Brustkorb hob und senkte sich. Das flackernde Licht der Flammen spielte mit dem Ausdruck seines Gesichtes und gab seiner scharf geschnittenen Nase, dem kantigen Kinn und den buschigen Augenbrauen etwas Dämonisches.

»Großvater?« Klara wurde ungeduldig.

»Deine Mutter war eine schöne Frau. Du siehst aus wie sie mit deinen dunklen Haaren und den hellen Augen.« Er warf Klara einen Blick zu und schien zufrieden, als er ihr Lächeln sah.

»Und Papa? Wie war er? So wie du?«

»Dein Vater, mein Sohn, war ein großer, starker Mann wie ein Baum. Für ihn gab es nur dich und deine Mutter. Er hat euch sehr geliebt.«

»Warum gibt es keine Bilder von ihnen? Und auch keine von Großmutter?«

Alexanders Stimme veränderte sich unmerklich. Eine gewisse Kälte nistete sich ein. Klara bemerkte die Veränderung sofort, doch sie wollte Antworten auf ihre Fragen.

»Bilder gaukeln uns etwas vor, was nicht mehr ist. Sie sind eine große Lüge, ein Lidschlag, ein winziger Moment, eingefroren.« Dann drehte er sich zu Klara um und packte ihr Handgelenk. »Versprich mir, dass du dich nicht fotografieren lässt, versprich es mir!«

»Aua, Großvater. Du tust mir weh!« Klara riss ihren Arm aus seiner Umklammerung und strich über die roten Male, die seine Finger auf ihrer zarten Mädchenhaut hinterlassen hatten. Ihr war zum Weinen zumute; sie fühlte sich von Alexander betrogen, spürte, dass er ihr nicht die Wahrheit sagte, etwas vor ihr verbarg.

»Bist du nicht glücklich hier? Hast du nicht alles, was du brauchst?«

»Ich bin glücklich, Großvater, nur hätte ich so gerne eine Freundin, die mich besucht, die am Wochenende bei mir schläft. Wie es die anderen Mädchen in meiner Klasse mit ihren Freundinnen tun.«

Alexander schwieg und legte ein neues Holzscheit auf die Glut. Augenblicklich loderte das Feuer auf.

»Du kannst jederzeit ein Mädchen besuchen oder sie mit zu uns bringen, wenn du möchtest. Du darfst nur niemals, und das meine ich genau so, niemals bei Dunkelheit im Freien sein!«

Klara legte ihren Kopf schief, sie war glücklich. In ihre Klasse war mitten im Schuljahr ein neues Mädchen gekommen, Anna. Klara hatte alleine am Tisch in der Klasse gesessen, neben ihr mochte keiner sitzen, zu seltsam war sie, zu ungewöhnlich. Doch Anna hatte kein Problem mit Klara und die Mädchen freundeten sich an.

»Ich habe jetzt eine Freundin, Großvater. Sie heißt Anna und hat auch so dunkle Haare wie ich.«

»Hast du verstanden, was ich dir gesagt habe, Klara? Der Nachtkrabb holt dich, wenn du nicht aufpasst, und dann bist du verloren.«

An diesem Abend sprach Alexander nicht mehr. Er starrte noch grübelnd in das Feuer, als Klara schon auf dem Boden in die Decke eingewickelt eingeschlafen war. Er beugte sich zu ihr, zog sie an der Schulter in seine Richtung und nahm sie in seine

Arme. Er spürte ihr Gewicht kaum, als er sie lautlos in ihr Zimmer trug. Dort legte er sie ins Bett und machte einige Handbewegungen in der Luft. Es wurde sofort kühler im Zimmer. Alexander nickte zufrieden und sah aus Klaras Fenster auf seine Werkstatt und in den großen Garten. Der volle Mond war riesig und schien wie an den wolkenlosen Himmel geklebt zu sein. Sein bleiches Licht erleuchtete die Werkstatt und Alexander konnte einen Schatten sehen, der sich rasend schnell im Inneren des Schuppens bewegte. Der Großvater vergewisserte sich, dass Klara fest schlief, und legte eine Hand auf das Fenster. Der Schatten fiel in sich zusammen und nichts rührte sich mehr. Mit einem Seufzen wandte sich Alexander zur Tür und beschloss, ebenfalls ins Bett zu gehen. Für ihn gab es nichts mehr zu tun, was nicht bis zum Morgen warten konnte.

Die Kälte trieb Klara schon frühmorgens aus dem Bett. Sie erinnerte sich an den Abend und das Gespräch mit ihrem Großvater. Er hatte sie in ihr Bett getragen, weil sie eingeschlafen war. Klara zog sich eine Jacke an und lief die Treppen nach unten. Ihr Großvater war immer sehr früh auf und kochte für sie einen heißen Früchtetee. Sie hörte das Klappern von Geschirr. Alexander begrüßte Klara: »Na, Schlafmütze. Alles gut bei dir? Warum bist du so früh auf?«

»Es war kalt in meinem Zimmer, da bin ich aufgewacht.«

»Hm, dieses Jahr ist es schon früh kalt, ich kümmere mich darum.«

»Kann ich heute Anna mit nach Hause bringen?«

»Gleich nach der Schule?«

»Bitte, bitte, Großvater!«

»Ja, bring sie mit, deine Anna. Die Regeln bleiben bestehen, in Ordnung?«

Klara nickte heftig und klatschte in ihre Hände.

»Wiederhole die Regeln bitte.«

Folgsam zählte Klara auf: »Nicht in deine Werkstatt gehen und sobald es dunkel wird, nicht mehr draußen sein und spielen. Dann muss Anna aber schon früh gehen!«

»Ich kann Anna auch nach Hause bringen. Wir werden sehen, gut?« Alexander zwinkerte ihr zu und das war das wirklich Ungewöhnliche an diesem Oktobermorgen.

Klara konnte sich nicht erinnern, wann sie jemals so gerne in die Schule gegangen war. Sie konnte es kaum erwarten, Anna zu treffen und sie zu sich einzuladen. Sie hüpfte die Stufen vom Haus hinunter und tanzte fast zur Straße hinaus. Alexander sah ihr hinterher und Traurigkeit umfing ihn. Wenn er doch nur die Zeit zurückdrehen könnte.

Anna und Klara hatten die Köpfe zusammengesteckt und tuschelten. Die Mädchen sahen sich wirklich ähnlich. Beide waren sehr groß für ihre elf Jahre und dünn. Die langen glatten dunklen Haare trugen sie offen. »Wir könnten uns als Zwillinge verkleiden«, schlug Anna vor. »Das wäre ein Spaß!«

Nach der Schule begleitete Anna Klara nach Hause. Alexander wartete in der Küche auf die beiden Mädchen. Er hatte gekocht und fühlte sich bei dem Geschnatter der Freundinnen wohl. »Sehen wir nicht aus wie Schwestern?« Klara deutete auf Anna, die kichernd neben ihrer Freundin saß und den Eintopf löffelte. Alexander nickte zustimmend.

»Ich bin jetzt in der Werkstatt. Ihr bleibt in deinem Zimmer, ja, Klara?«

Das Mädchen nickte, fasste Anna an der Hand und zog sie die Treppen in den ersten Stock hinauf. »Komm, ich möchte dir mein Zimmer zeigen.«

»Dein Opa ist ein bisschen komisch.« Anna lümmelte sich auf dem Boden und beobachtete Klara, die ein großes weißes Laken am Schrank befestigte und wie einen Stoffhimmel an die Tür fixierte. »Was machst du da?«

Die Mädchen hatten Decken ausgebreitet und Kissen dazugelegt. »Ich baue uns eine Höhle, dann erzähle ich dir meine Lieblingsgruselgeschichte. Magst du?«

Anna nickte. »Gruselgeschichten sind klasse.« Klara schaltete ihr Nachtlicht an, der Zylinder im Inneren der Lampe drehte sich langsam und tauchte das Zimmer in Sterne. »Das ist so schön, Klara! Du bist wirklich meine beste Freundin!«

Klara lachte glücklich. »Kennst du die Geschichte vom Nachtkrabb? Das ist nicht nur eine Geschichte. Es ist die Wahrheit und der Grund, warum ich bei Dunkelheit immer zuhause sein muss.« Sie sprach jetzt leise und ahmte den schleppenden Tonfall ihres Großvaters nach.

»Dann erzähl doch!« Anna kuschelte sich in die Decke und sah ihre Freundin gespannt an.

»Es existiert ein Wesen. Manchmal ist es eine schwarze Gestalt mit Kapuze und Umhang, manchmal ein riesiger schwarzer Rabe mit glänzendem Gefieder. Er holt die Kinder, die sich bei Dunkelheit im Freien aufhalten, obwohl sie zuhause sein sollten, und trägt sie mit sich fort. Wenn sich der Nachtkrabb ein Kind ausgesucht hat, wartet er so lange, bis er es schnappen kann.« Sie machte eine kunstvolle lange Pause, schrie dann plötzlich »Buh!« und ließ sich auf Anna fallen.

»Hast du mich erschreckt!« Anna kicherte. »Ist das wirklich der Grund, warum du nicht nach draußen darfst?«

Klara zuckte mit den Schultern. So waren die Regeln, sie hatte nie darüber nachgedacht. »Ich mag sowieso nicht alleine rausgehen, wenn es dunkel ist. Das macht ja keinen Spaß.«

»Aber was wäre, wenn ich dabei wäre? Bist du nicht neugierig was passiert? Es gibt keinen Nachtkrepp oder so.«

»Nachtkrabb«, erwiderte Klara nachdenklich. Annas Vorschlag war so ungeheuerlich, so verboten, so gruselig und so unendlich reizvoll. »Wir könnten in die Werkstatt sehen.«

Anna setzte sich auf. »Wir müssen alles planen. Am besten schlafe ich am Wochenende bei dir. Was schleichen uns raus, wenn dein Großvater schläft.«

»Was machen wir dann?« Klara wurde es unheimlich. Was machte man nachts, außer zu schlafen?

»Das sehen wir dann.« Anna war Feuer und Flamme. Den Rest des Nachmittags verbrachten die beiden Mädchen damit, sich ihr Abenteuer in den schillerndsten Farben auszumalen. Als Anna von ihrer Mutter abgeholt wurde, sah Klara dem wegfahrenden Auto aus dem Fenster noch lange nach.

Der nächste Morgen begrüßte Klara mit Sonnenschein. Sie hörte klapperndes Geschirr und saß kurze Zeit später neben ihrem Großvater am Küchentisch. Er war noch wortkarger als sonst, starrte in seinen Kaffee und hatte offensichtlich schlecht geschlafen. Seine hellen Augen waren noch eingefallener als üblich und seine Hand, mit der er die Tasse hielt, zitterte leicht.

»Kann Anna am Wochenende bei mir übernachten? Bitte, Großvater, ich wünsche mir das so sehr!«

Alexander nickte sofort, ohne sie anzusehen.

»Danke!« Klara sprang auf und umarmte ihn. »Du bist der Beste! Ich geh jetzt zur Schule. Bis heute Nachmittag.«

Vor der Schule parkten Autos von der Polizei. Menschen standen auf der Straße und wirkten verloren und eine Lehrerin scheuchte die Kinder in das Schulgebäude. Sie packte Klara unsanft an der Schulter und schob sie zu Tür.

»Ab in deine Klasse!«

»Was ist denn passiert?«

»Stell nicht so viele Fragen. Los jetzt!«

Anna wartete schon ungeduldig im Klassenzimmer auf Klara und winkte sie aufgeregt zu sich.

»Leo ist verschwunden! Er war morgens nicht in seinem Bett und jetzt suchen ihn alle. Ist das nicht furchtbar?«

Die Aufregung färbte Annas Gesicht puterrot und sie fuchtelte mit den Händen. »Ist das nicht irre? Wie in deiner Geschichte gestern.« Anna deutete auf den leeren Stuhl zwei Reihen vor ihr.

»Quatsch, was redest du denn da.« Die Angst war wieder da. Das schleimige, kriechende Ding, an das sie nicht mehr gedacht hatte, seit Anna ihre Freundin war.

»Hau ab«, dachte Klara wütend. »Hau bloß ab. Ich hab keine Angst mehr.«

Nach dem Schulgong betrat ihre Lehrerin den Raum und brachte eine Frau in Polizeiuniform mit. Sofort war es still im Raum. Die Lehrerin stellte die Polizistin vor und bat die Kinder, auf die Fragen ruhig zu antworten.

Klaras Freude war verschwunden, Leo, der freche Leo, wurde von der Polizei gesucht. Sie erinnerte sich an seine bösen Worte »Na, du hässlicher Freak?« genauso wie an seine Schubsereien auf dem Schulhof. Nein, sie würde Leo nicht vermissen, und traurig war sie über sein Verschwinden auch nicht.

Die Polizistin erzählte, was passiert war, Leo sei schlafen gegangen und anscheinend nachts wieder aufgestanden. Nichts deutete darauf hin, dass er entführt worden war. Aus irgendeinem Grund hatte er das Haus verlassen und war spurlos verschwunden. Ob jemand etwas wisse, Leo etwas gesagt hätte?

Niemand wusste etwas oder wollte etwas erzählen. Danach wurde die Klasse nach Hause geschickt, keiner konnte jetzt noch lernen. Klara war froh, nach Hause gehen zu können, und beschloss, einen Umweg am Fluss entlang zu nehmen. Die Sonne schien und die Strahlen wärmten so stark, dass sie ihre Jacke öffnete und das Gesicht in die Sonne hielt.

Dann hörte sie das Heulen der Sirene. Am Weg, der am Fluss entlang führte, standen einige Polizeiautos und Männer mit bellenden Polizeihunden. Dann sah sie ihren Großvater, der wie eine Statue neben einem Polizisten stand und auf etwas schaute, was am Boden lag.

»Großvater!« Klara begann zu rennen. Was machte er hier? Hatte man Leo gefunden? »Großvater!«

Erst als sie direkt neben ihm war, bemerkte er sie.

»Klara! Bleib hier. Was machst du denn?«

Klara machte sich los und schob sich zwischen die Polizisten. Ein Rucksack lag am Boden, anscheinend war er im Fluss gewesen. Es war Leos Rucksack. Irgendetwas steckte in der Seitentasche und erregte Klaras Aufmerksamkeit. Sie reckte den Kopf nach vorne, um mehr sehen zu können. Es war eine Feder! Eine ungewöhnlich lange, glänzend schwarze Feder. Sie streckte die Hand aus, da wurde sie zurückgerissen und schaute in Alexanders wütende Augen.

»Was machst du hier? Solltest du nicht in der Schule sein?«

»Unsere Klasse wurde heimgeschickt. Das ist Leos Rucksack. Warum hatte er ihn dabei? Ist Leo im Fluss? Ist er tot?«

»Ich kann dir deine Fragen nicht beantworten, Klara. Was ich weiß, ist, dass du nicht hier sein solltest. Komm, wir gehen nach Hause und ich koche dir einen Tee. Hast du Hunger?« Er nahm sie sanft in den Arm.

»Keinen Hunger. Aber ich bin müde.«

»Du kannst dich hinlegen und dich ausruhen, vielleicht backen wir zusammen ein paar Kekse? Hast du Anna für morgen eingeladen?«

»Musst du denn heute nicht in die Werkstatt?«

»Nein. Heute nicht.«

»Oh. Kekse backen wäre schön. Anna kommt morgen und schläft bei mir.« Vertrauensvoll legte Klara ihre zarte Hand in die ihres Großvaters. Sie hätte Leo und seinen Rucksack fast vergessen können, wäre da nicht diese große glänzende Feder gewesen, die sie so faszinierte. Das würde sie für sich behalten, es keinem Menschen verraten, das blieb ihr Geheimnis. Sie wollte auch so eine Feder haben, mit den Fingern darüber streichen, sie unter ihr Kopfkissen legen. Ob sie von einem Raben stammte? Bestimmt war sie weicher als das Fell eines Hasen!

Den Nachmittag verbrachte sie mit ihrem Großvater, sie buken große Schokokekse zusammen und aßen sie bis auf den letzten Krümel auf. Klara konnte sich nicht erinnern, ihren Großvater jemals so entspannt gesehen zu haben. Sie umarmte Alexander und schmiegte sich an ihn. »Können wir das öfter machen?«

»Ich hoffe schon, Klara. Jetzt wird es Zeit für dich, ins Bett zu gehen, damit du morgen fit für deine Freundin bist. Ich mache noch einen kurzen Abstecher in meine Werkstatt. Schlaf gut. Bis morgen.« Er drückte ihr einen Kuss auf den Scheitel und verließ die Küche.

Während Klara die Küche aufräumte, dachte sie über die Werkstatt nach. Morgen Nacht würde sie nicht nur eine Regel brechen.

Am anderen Ende der Stadt weinte Leos Mutter bittere Tränen. Leos Rucksack war mit glänzenden, schwarzen, großen Rabenfedern gefüllt, der Rucksack selbst so schmutzig und zerrissen, als wäre ein wildes Tier darüber hergefallen. »Leo, wo bist du?«, flüsterte sie. »Komm heim, ich schimpfe auch nicht. Ich schimpfe nie mehr, komm nur zurück zu mir.« Auf ihrem Schoß lag eine der Federn aus Leos Rucksack, schwarz wie eine sternenlose Nacht.

Anna und Klara verbrachten den nächsten Tag zusammen in Klaras Zimmer. Das Wetter hatte umgeschlagen, der Wind peitschte dicke Regenwolken vor sich her, es war unmöglich, ins Freie zu gehen, ohne klatschnass zu werden.

»Wir tun es trotzdem.«

»Auf alle Fälle! Ausgemacht ist ausgemacht. Da kann uns so ein bisschen schlechtes Wetter nicht umstimmen!« Anna klang wie immer furchtlos und selbstbewusst. Klara vermutete, dass es nichts gab, was Anna von ihrem Vorhaben abbringen konnte. Sie wollte auch so mutig sein. »Dann lass uns zum Fluss gehen, dorthin, wo Leos Rucksack gefunden wurde!«

»Oh, Klara. Du bist echt spitze. Das ist eine gute Idee. Danach schauen wir uns die Werkstatt an«, Anna malte bei dem Wort Gänsefüßchen in die Luft, »wenn es denn überhaupt eine Werkstatt ist.«

»Was soll es denn sonst sein?«

Anna zuckte mit den Schultern. »Ist doch egal. Das Geheimnis werden wir aufdecken. Wir sind Agentinnen. Eigentlich könnten wir einen Geheimbund gründen, was meinst du? Dann brauchen wir einen Namen.«

Ein Club, diese Idee fand Klara gut, und sie ärgerte sich ein wenig, dass ihr das nicht eingefallen war. »Wie wäre es mit den Furchtlosen Zwei«?, schlug sie vor. Anna dachte nach und nickte dann. »Eine klasse Idee. Die furchtlosen Zwei, unser Geheimclub.« Das fühlte sich gut an.

Die Freundinnen hatten beide dunkle Kleidung zur Seite gelegt, Taschenlampen und frische Batterien eingepackt. Anna hatte sogar ihr Telefon mitgenommen und es im Rucksack verstaut. Für alle Fälle, man konnte ja nicht wissen, was draußen alles passierte.

Gleich nach dem Abendessen wünschten sie Alexander eine gute Nacht und zogen sich in Klaras

Zimmer zurück. Angezogen warteten sie darauf, Alexanders schwere Schritte auf der Treppe zu hören. Sie warteten noch einige Zeit und schlichen dann vorsichtig die Stufen hinunter. Klaras Herz klopfte wie wild, sie schwitzte und hätte ihr Abenteuer am liebsten abgesagt. Doch dafür war es zu spät. Anna schlüpfte leise aus der Tür und kurz darauf stand auch Klara in der regnerischen Nacht. Im leichten Joggingschritt ließen sie das Häuschen schnell hinter sich. Der Himmel war immer noch bewölkt, an einigen Stellen lugte ein Stern hervor, als wolle er kurz nachsehen, ob alles in Ordnung war.

»Hast du Angst?« Anna flüsterte.

»Ja, ich glaub´ schon. Du?«

»Es ist unheimlich. So dunkel. Ausgerechnet heute ist ein so schlechtes Wetter. Wenigstens regnet es nicht mehr. Schau mal, da kommt der Fluss.«

Es war totenstill. Kein Geräusch war zu hören. Klara strengte sich an, sollte fließendes Wasser nicht zu hören sein? »Ich glaub´, ich kann dein Herz schlagen hören«, raunte sie in Annas Richtung. »Du hast ganz schön Schiss!«

Klara ging an Anna vorbei und blieb an der Uferböschung stehen. Jetzt hörte sie das Wasser, der Wind strich über die Oberfläche und entlockte ihm eine Melodie. Klara fröstelte und drehte sich um. Sie hatte das Gefühl, als würde jemand sie beobachten.

»Was ist los?« Anna sah versunken auf den Fluss hinaus. Immer mehr Sterne kämpften sich den Weg frei und tauchten den Fluss und das bewachsene Ufer in ein kaltes Licht. Klara schreckte zusammen. Hatte jemand ihre Haare berührt? Wieder drehte sie sich um, war dort ein Schatten hinter den Bäumen am Weg? »Wo lag denn Leos Rucksack?«

»Direkt vor dir auf dem Boden. Weißt du was, Anna, mir ist kalt. Lass uns nach Hause gehen.«

»Du Angsthase! Glaubst du, der Nachtkrabb kommt und holt dich?« Beide Mädchen erschraken. Hatten sie ein leises Lachen gehört? »Was war das?« Anna klang mit einem Mal nicht mehr so entspannt. »Lass uns nach Hause gehen, Klara. Einfach nach Hause.« Wie verabredet drehten sie sich zum Weg zurück und begannen zu laufen.

»Da steht jemand!« Klara konnte die Gestalt ganz deutlich sehen, sie war aus dem Schatten des Baumes hervorgetreten und stand auf dem Weg. Sie war groß und trug einen langen Mantel mit Kapuze. »Was ist das?« Anna begann zu weinen und nahm Klaras Hand in ihre. Irgendetwas lief hier schief. »Großvater?«, rief Klara. »Bist du das? Willst du uns Angst machen?« Die Gestalt bewegte sich nicht, doch wieder wehte ein Lachen zu ihnen herüber. Dann streckte die Gestalt die Arme aus. Die Bewegung erinnerte Klara an die Flügel eines Vogels, ihr Herz setzte einen Schlag aus, Übelkeit breitete sich in ihrem Magen aus. Der auffrischende Wind hatte die Wolken wieder über die Sterne geschoben, die Mädchen konnten nicht mehr erkennen, ob die Gestalt noch an derselben Stelle stand oder schon auf dem Weg zu ihnen war. Etwas streifte Klaras Wange, sie griff automatisch danach. Es war eine Feder. Klara ließ sie fallen und begann zu rennen. Anna war hinter ihr, sie weinte und rief nach ihrer Mutter. Klara konnte sich erinnern, dass das Wesen rechts von ihnen auf dem Weg gestanden und ihnen den Trampelpfad zurück zum Haus versperrt hatte. Also mussten sie den längeren Weg nehmen. Der Vorteil war der helle Kiesboden des Weges, so war die Gefahr zu stürzen geringer. Klaras Nacken kribbelte, instinktiv wusste sie, dass das Wesen hinter ihnen her war und sie jagte. Lauf, Anna, dachte Klara, lauf! Anna schluchzte, sie war nicht so schnell wie Klara und fiel etwas zurück. Klara drehte sich kurz um. Anna rannte, doch nicht schnell genug. Klara fühlte das Wesen, bevor sie sah, wie es sich vor Anna setzte, um sie zu packen. Anna schrie auf und wich nach rechts aus. »Schnell, Anna, du schaffst es!« Sie war wieder hinter Klara und beide rannten den Weg weiter, der jetzt leicht abwärts direkt in ihre Straße hinein führte. Sie konnten es schaffen. Sie würden es schaffen. Wieder wagte sie einen Blick nach hinten: Sie waren allein. Niemand verfolgte sie. Klara war so erleichtert, dass sie in Tränen ausbrach. Der Zaun stand offen, sie jagten die Stufen nach oben, da entdeckte Klara ihren Großvater am Fenster. Seelenruhig sah er sie an. Klara rüttelte an der Haustür. Sie war verschlossen. Anna drehte sich zur Straße um, zeigte mit dem Finger auf den schwarzen Schatten und weinte. »Da ist es wieder. Mach die Tür auf, bitte, bitte!«

»Großvater! Mach die Tür auf.« Klara rüttelte und schlug mit den Fäusten auf das Holz. Alexander sah sie an und schüttelte den Kopf. Da verstand sie. Er würde die Tür nicht öffnen. Sie würden hier sterben. Der Nachtkrabb würde sie holen. Sie hatten die Regeln gebrochen und mussten dafür büßen. Anna war zu Boden gesunken und weinte still vor sich hin, der Schatten war schon im Garten. Klara sah fasziniert, wie die Erscheinung ihre Konturen veränderte. Niemand konnte sich so verkleiden. Das hier war die Wirklichkeit. Die Werkstatt, sie konnten es bis zum Holzhäuschen schaffen! Vielleicht war die Tür offen? Sie brauchten nur etwas Glück. Klara riss Anna am Arm auf die Beine und zischte ihr zu: »Werkstatt. Schnell!« Die Gestalt war sehr nah, Klara hörte das Rascheln der Federn, beide Mädchen sprangen zur Seite und rannten auf die Hütte zu. Es waren nur noch einige Meter, da stürzte Anna auf den Boden und schrie auf. Klara blieb stehen und drehte sich um. Der Nachtkrabb war über Anna, sie öffnete den Mund zu einem Schrei, da war er schon über ihr und bedeckte ihren Körper mit seinem Umhang. Für einen Augenblick glaubte Klara, Augen und den Anflug eines Lächelns erkennen zu können, dann drehte sie sich um, rannte die letzten Meter bis zur Werkstatt und warf sich gegen die Tür. Die gab nach und Klara schlug auf dem Boden auf, war sofort wieder auf den Füssen und verschloss die Tür von innen. Etwas schlich um die Werkstatt herum, klopfte leise an das Fenster, suchte einen Eingang.

Was war nur passiert? Wo war Anna? War sie noch am Leben? Voller Angst tastete Klara nach einem

Lichtschalter, da war er, sie drückte den Schalter nach unten. Helligkeit flammte auf. Klara stöhnte voller Angst auf. Sie machte einen Schritt in die Mitte des Raumes. Federn bedeckten den Boden, waren an den Ecken zu einer Art Bett oder Nest aufgeschichtet. Die Tür wurde aufgestoßen. Klara drehte sich langsam um. Sie hatte keine Tränen mehr und keine Kraft, wegzulaufen. Sie wünschte sich nur ein Ende. Alexander stand in der Tür.

»Verstehst du es jetzt? Unseren Fluch?«

Klara weinte. Sie wusste es. Sie würde heute nicht sterben.

Ihr Großvater machte einen Schritt zur Seite um Platz für das Wesen, das sie verfolgt hatte, zu machen. Es betrat den Raum. Klara war hingerissen. Es war wunderschön, halb menschlich, halb Rabe. Dahinter konnte sie noch zwei weitere Wesen entdecken. Der größte der Schatten streckte den Arm nach Klara aus und reichte ihr eine lange glänzende Feder. Klara nahm sie an sich. Sie hatte ihre Familie gefunden.

Anmerkung der Autorin:

Der Nachtkrabb ist ein Mythos aus dem süddeutschen und österreichischen Raum. Ich bin mit den Geschichten um seine Taten aufgewachsen und glauben Sie mir, ich war niemals nachts ohne Erlaubnis unterwegs; und auch jetzt, viele Jahre nach den Geschichten meines Großvaters und dem Kinderalter entwachsen, drehe ich mich noch immer um und suche nach einem schwarzen Schatten, der mich verfolgt.

Ich bin sehr froh, dass er mich nie gefunden hat.

Julia Dest

Kreislaufprobleme

Stella

Als Stella erwachte, fehlte ihr jegliche Erinnerung. Weder wusste sie, wer sie war, noch wo sie sich befand. Sie fühlte sich ausgelaugt und hungrig. Sie blinzelte. Um sie herum war grelles Licht, das ihre Augen blendete, und so kniff sie die Lider zum Schutz fest zusammen.

Vorsichtig versuchte sie, sich zu bewegen. Es fiel ihr schwer, denn ihre Glieder schmerzten, ihre Muskeln brannten, ihr ganzer Körper war völlig geschunden. Der Versuch sich aufzurichten oder eine Hand vor die Augen zu heben, um sie vor dem gleißenden Licht zu schützen, misslang.

Was war geschehen? Ein Unfall, bestimmt ein Unfall. Vermutlich war sie von Kopf bis Fuß eingegipst. Das würde erklären, weshalb sie sich außerstande fühlte, sich zu bewegen. Warum alles schmerzte. Bilder huschten durch ihre Gedanken. Tageslicht, Sonne, eine angenehme Wärme. Das Frühjahr? Dieser unbeschreibliche Duft nach Blüten und Rasen und Klee. Spielende Kinder, die sie anlachten, eine Katze, die ihr um die Beine strich, ein pfeifender Wasserkessel, eine rasante Fahrt über Serpentinen. Für ihren Verstand kaum zu fassen, hüpften weitere Momente und Situationen durch ihren Kopf. Erinnerungen an Dinge, die sie kannte. Das meiste davon kam ihr absurd vor.

Sie versuchte erneut ihren Arm anzuheben, um ihre Hand vor die Augen zu halten, keine Chance. Ihre Arme waren so schwer und sie selbst viel zu erschöpft, um noch einen Versuch zu wagen. Unbändige Angst überkam sie von einem Moment zum anderen. Sie begann zu schreien. Sie brüllte, zitterte, fühlte ein Stechen und Ziehen im Magen, Krämpfe im Darm. Die Todesangst, die sie verspürte, ließ sie alles herausschreien. Als ihre Stimme versagte, verfiel sie in jämmerliches Wimmern. Durch ihre Tränen sah sie, wie sich ein riesiger Schatten näherte, um sich dann langsam über sie zu beugen. Sie versuchte zu blinzeln und erkannte, dass es ein Mensch sein musste, riesengroß! Ein Mensch? Sie hatte den Verstand verloren, so viel war klar. Ihre Körperbeherrschung und ihren Verstand.

Der überdimensionale Körper streckte die Arme nach ihr aus und Sekunden später fühlte sie sich hochgerissen, geschwenkt und geschüttelt, während eine laute, aber freundliche Stimme auf sie einredete. Sie schrie, mehr konnte sie nicht tun. Das Nächste, das sie wahrnahm, war ein angenehmer Geruch, so verführerisch, dass er sie den Schock des Geschütteltwerdens sofort vergessen ließ. Sie fühlte, wie sie behutsam herabgelassen wurde, um in den riesigen Armen des so gut duftenden Wesens zu versinken.

»Mein Fröschchen, mein kleiner Prinz«, flüsterte eine sanfte Stimme und etwas Feuchtes tropfte auf ihre Nase. Sie versuchte ihren Kopf zur Seite zu drehen, um dem nächsten Tropfen auszuweichen, doch er traf ihre Lippen und sie schmeckte Salz. Wieder stimmte sie ein Schreien an, sicherheitshalber, aber dann wurde sie behutsam auf die Stirn geküsst und verstummte. Das alles hier war absurd! Vermutlich träumte sie. Sie wollte aufwachen. Das hatte schon oft bei Alpträumen funktioniert, aber bevor sie sich zwingen konnte zu erwachen, roch sie etwas Süßliches. Nahrung, sie war sich sicher. Der Drang, dem Hunger nachzugeben, wurde so stark, dass sie alles andere vergaß und stattdessen die Speise annahm, die ihr angeboten wurde. Sie saugte die Flüssigkeit gierig auf, bis ihr die Augen vor lauter Anstrengung immer schwerer wurden. Ihr malträtierter Körper wurde müde, so müde! Sie fühlte sich alt und verbraucht und wollte nur schlafen.

Sie erwachte schlagartig, als sie erneut hochgehoben wurde. Das gefiel ihr nicht und so weinte sie leise. Als wäre das nicht genug, begann sie zu frieren und ihr Weinen wurde zu einem lauten Brüllen. Sie schrie wie am Spieß, dabei konnte sie sich nicht erinnern, immer sofort losgeschrien zu haben, wenn ihr etwas nicht passte. Aber sie war derart erbost, dass ihr die Worte fehlten. Mehr als plärren war ihr nicht möglich!

Inzwischen fror sie entsetzlich. Jemand hatte sie in Windeseile ausgezogen. Da, jemand plantschte mit Wasser an ihr herum. Sie fühlte Panik, denn sie wurde leicht untergetaucht, während eine Hand ihren Kopf und ihren Rücken stützte. Eine riesengroße Hand, denn sie erfasste beinahe ihren gesamten Körper! Erneut wurde sie gepackt, hochgehoben, wieder hingelegt, abgetrocknet und angezogen. Obwohl sie strampelte, hatte sie keine Chance, sich dagegen zu wehren.

Ich bin inkontinent! Dieser Gedanke beherrschte sie für die nächsten Minuten. *Ich werde gewickelt. Ich bin alt, habe kein Gedächtnis und oh, bitte nein, ich bin in einem Heim! Einem Heim mit übergroßen Menschen, die Brüste haben, von denen ich trinke.*

Sie schrie weiter, schrie mit aller Kraft, die sie aufbringen konnte. Das Blut schoss ihr in den Kopf. Sie war so wütend! Aufwachen, lasst mich aufwachen! Stattdessen schlief sie vor Erschöpfung ein.

Als sie erwachte, war ihr schwindelig.

»Hier ist Ihr kleiner Prinz«, sagte das Wesen, das sie schüttelte und in diesem Moment dafür sorgte, dass sie sich wie in einem Fahrstuhl fühlte, der in rasender Geschwindigkeit hinabfuhr.

»Mein Liebling, mein Fröschchen«, flüsterte der gut riechende Mensch, der sie in Empfang nahm, um dann ihre Wange zu streicheln und ihre Nase zu stupsen. »Hast Du Hunger?« Ja, den hatte sie! Inzwischen hatte sie sich sogar an den Knorpel gewöhnt, aus dem ihre Nahrung kam, und so saugte sie daran. Was sie irritierte, war das Fröschchen, der kleine Prinz.

Nach dem Essen war sie viel zu müde, um nachzudenken und schreiend gegen die Namensgebung *Fröschchen* zu protestieren. Schnell fielen ihr die Augen zu. Mit einem kurzen glücklichen Lächeln schlief sie gesättigt ein, um kurz darauf wieder zu erwachen, weil das freundliche, riesengroße Monster wieder an ihr herumfummelte. Sie wurde von der einen auf die andere Seite gedreht, hochgenommen, auf den Rücken geklopft und nach einer kleinen Ewigkeit, während ihr übel wurde und der Rest ihrer Mahlzeit aus ihrem Mund schwappte, war das Monster wohl zufrieden mit dem, was es angerichtet hatte, strahlte sie an und trug sie zu dem anderen, wohlriechenden Monster zurück.

Fröschchen

Ich versuchte meine Augen zu öffnen, keine Chance. Sie waren so schwer. Wenn ich es mit Mühe kurz schaffte, sah ich nur schemenhafte, übergroße Schatten und grelles Licht. Die nächsten Tage, oder waren es Wochen? (was waren Wochen, was Tage? Ich hatte es vergessen), blieb alles so, wie es war. Ich fühlte mich geschunden und überanstrengt, aber langsam, ganz langsam, hatte ich das Gefühl, mich zu erholen. Also schlief ich, ließ mich füttern, säubern, schlafen legen. Dann, eines Tages, als sich wieder einmal der Schatten mit der freundlichen Stimme, die mir inzwischen sehr vertraut war, über mich beugte, strampelte ich, dieses Mal vor Freude.

»Na, mein kleiner Prinz?«, fragte die so sanfte, warme Stimme. »Hast du aber lange geschlafen.

Komm her zu mir«, flüsterte sie, während sie mich anhob, bis vor ihr Gesicht, um mich sanft auf die Wange zu küssen. »Du musst inzwischen großen Hunger haben«. Jawohl, das bin ich, der kleine Prinz, dachte ich, und gleich gibt es etwas zu essen. Ich freute mich auf die Zeit mit dem duftenden Wesen, das mich so zart behandelte. Kurze Zeit später blinzelte ich meine Mutter glücklich an und für einen Sekundenbruchteil, bevor ich wieder in einem tiefen Schlaf versank, erinnerte ich mich.

\---

»Frau Merk?« Die geöffnete Autotür in der Hand, drehte sich Sophie noch einmal um. Hatte sie etwas vergessen? Sie sah Schwester Camille schnellen Schrittes auf sich zukommen.

»Ja, Schwester Camille?« Erwartungsvoll lächelnd trat Sophie der Krankenschwester entgegen.

»Sie haben Ihr Täschchen mit Proben vergessen«, rief Schwester Camille und lief aufgeregt damit wedelnd auf Sophie und deren Mann, zu.

»Wenn Sie es nicht brauchen, verschenken Sie es einfach.« Sie schnappte kurz nach Luft, fand aber sehr schnell zu ihrem gewohnten Lächeln zurück. Gleich nachdem sie Sophie das Täschchen überreicht hatte, fiel ihr Blick auf den Babytragekorb. »Darf ich mich noch von ihm verabschieden?«, fragte sie. »Ich war mit der Visite beschäftigt und eilte danach in Ihr Zimmer, aber Sie waren zu schnell für mich, das Zimmer schon leer«.

Sophie lachte. »Ich hatte ebenfalls nach Ihnen gesucht und freue mich, dass Sie uns noch erwischt haben.« Sie hob der Krankenschwester Finn in seinem Körbchen entgegen »Selbstverständlich, bitte verabschieden Sie sich. Er wird sich freuen. Sie waren so geduldig mit uns und ich glaube, der kleine Schreihals hat sie richtig gern.«

»Er ist so ein süßer Kerl.« Schwester Camille beugte sich über das Baby, das in den letzten Tagen ordentlich an Gewicht gewonnen und seine Blässe gegen rosige Wangen getauscht hatte. »Wir alle hier haben Sie beide sehr gern. So eine schwere Geburt für Sie und den kleinen Mann, beide so tapfer. Jetzt ist zum Glück das Schwerste überstanden«. Sie strahlte das Baby an und winkte leicht mit einer Hand in Finns Richtung.

Sophie nickte und ihr Lächeln verschwand für einen Augenblick. »Nie hätte ich gedacht, dass er sich weigern würde, die Welt kennenzulernen.« Sie seufzte und schaute flüchtig zu ihrem Mann, der ungeduldig von der Fahrerseite dem Dialog der beiden Frauen folgte. Er wollte endlich nach Hause, seinem Sohn seine neue Welt zeigen, weg, nur weg vom Krankenhaus.

»Aber nun könnte es besser nicht sein«, fuhr Sophie fort. »Ich möchte mich noch einmal für Ihre Hilfe und Unterstützung bedanken.«

»Nicht doch, nicht doch«, Schwester Camille strahlte über das ganze, recht runde Gesicht »Ich bin froh, dass ich miterleben durfte, wie der kleine Mann seinen Lebenswillen fand. Ich wünsche Ihnen nur das Beste!« Sie machte Anstalten, zurück zum Krankenhaus zu gehen, machte dann aber noch einmal kehrt, um sich erneut über Finn zu beugen. Sie streichelte kurz seine Wange und er dankte es ihr, in dem er ganz leicht seine Arme hob und sich in einem Lächeln versuchte. »Und Finn ist so ein schöner Name«, fuhr die Hebamme fort. »Wie hätten Sie das Baby genannt, wäre es ein Mädchen geworden?«

»Dann hätten wir sie Stella genannt«, antwortete Sophie, ohne nachzudenken. »So hieß meine Mutter«.

Female (Night)Shift

Als ich wieder zu Bewusstsein kam, konnte ich mich im ersten Moment nicht erinnern, wo ich war und wie ich hierhergekommen war. Die Luft roch nach Moder. Es war kalt und dunkel. Plötzlich flammte gleißendes Licht auf. Reflexartig wandte ich den Kopf zur Seite. Dann die Stimme einer Frau.

»Ihr Name?«

»Was soll das? Warum bin ich hier?«

»Ihr Name!«, wiederholte die Stimme mitleidlos. Langsam kehrte die Erinnerung zurück. Sie hatten mich in Untersuchungshaft nehmen wollen. Ich hatte mich gewehrt.

»Was wird mir vorgeworfen? Ich möchte mit einem Anwalt sprechen.«

»Zuerst Ihre Personalien. Über alles andere reden wir danach. Also? Sie heißen?«

»Als ob Sie das nicht wüssten«, schnaubte ich.

»Wenn Sie nicht kooperieren, behalten wir Sie auf jeden Fall hier. Ich dachte, Sie wollten nach Hause.«

Ich seufzte.

»Adamah. George Adamah junior.«

»Geboren?«

»Offensichtlich ...«, knurrte ich mit einem süffisanten Grinsen.

Warum nur? Warum beantwortete ich nicht einfach ihre Fragen? Warum spielte ich nicht einfach mit? Es war immer das Gleiche. Ich konnte es nicht lassen, Bullen zu provozieren. Irgendetwas zwang mich …, ja, es war ein Zwang, irgendetwas ließ mir keine Wahl, ich musste es einfach tun, ich musste diese aufgeblasenen arroganten Staatsschergen bei jeder sich bietenden Gelegenheit provozieren. Wenn ich mich dabei in einer vorteilhaften Position befand, konnte das ja durchaus lustig sein. Aber jetzt war es eigentlich keine gute Idee. Ich hätte es lassen sollen.

Im nächsten Moment drang der Schmerz wie ein blankgewienertes Fleischermesser in meinen Rücken. Ich schrie auf. Mein Kopf wurde an den Haaren nach hinten gerissen. Ich spürte ihren warmen Atem über meiner Wange. Der Elektroschocker in ihrer Hand knisterte.

»Paragraph 428 2a Polizeiaufgabenvervollkommnungsgesetz. Wenn Sie nicht mitarbeiten, bin ich befugt, Beugemittel einzusetzen, um Ihre Kooperationsbereitschaft notfalls zu erzwingen.«

Ich krümmte mich. Ein Stich durchfuhr meinen Oberarm. Meine Schulter brannte wie Feuer.

»Hören Sie auf«, winselte ich. »Ich kooperiere.«

»Na prima.« Die Stimme wurde weicher. »Also: Ihr Name ist George Adamah junior.«

Ich nickte und stöhnte ein schwaches Ja. Nicht noch einen dieser Stromstöße.

»Adamah, ... Sind Sie verwandt mit diesem Schriftsteller?«

»Er war mein Großvater.«

»Der war Ihr Großvater? Der mit Barcelona Snuff Project?«

»Nein. Das war Colja Nowak. Mein Großvater hat Liliths Töchter, Adams Söhne geschrieben.«

»Stimmt. Ich verwechsle die beiden immer. Keine Ahnung wieso. Liliths Töchter, Adams Söhne also? Das soll ein ziemlich missratenes Stück Macholiteratur sein. Eindeutig subversive Haltung des Autors. Durch psychologisch-hermeneutische Inhaltsanalysen seit über zwanzig Jahren belegt. Haben Sie das Buch gelesen?«

»Sie wissen so gut wie ich, dass es verboten ist. Natürlich habe ich es nicht gelesen.«

»Machismus kann auch genetisch übertragen werden. Wann haben Sie Ihren letzten Persönlichkeitsentwicklungstest gemacht?«

»Würden Sie mir bitte zuerst sagen, warum ich eigentlich hier bin?«

»Ich stelle hier die Fragen, Junge.«

Sie trat neben die Lampe. Ich sah ihre Silhouette. Sie war schlank und hatte glattes Haar, das bis über ihre Schultern reichte. Braun, vielleicht auch blond. Das Licht blendete. Ich fürchtete einen weiteren Stromschlag und zuckte zusammen.

»Vor zwei Jahren, glaub ich.«

»Wo sind die Testergebnisse?«

»Hab ich jetzt nicht dabei.«

»Sie wissen, dass Sie als Mann verpflichtet sind, die Persönlichkeitsentwicklungstestbescheinigung jederzeit bei sich zu tragen.«

Ich lächelte nervös.

»Ja, ich weiß, aber ich hab sie nicht dabei. Wollen Sie mich jetzt deswegen verknacken?«

»Wie war der Befund?«

»Unauffällig.«

»Unauffällig?«

Sie lächelte überheblich.

»Hören Sie. Warum sagen Sie mir nicht einfach, worum es geht?«

»Alles zu seiner Zeit.«

Sie drehte sich um.

»Frank, kannst Du das mit dem Persönlichkeitsentwicklungstest mal checken?«

Aus einer Ecke des Zimmers wuchs ein Schatten. Eine Tür öffnete sich, Licht glitt durch den Spalt herein. Dann verdunkelte der Schatten die Türöffnung und das Licht verschwand. Die Frau wandte sich wieder mir zu.

»Ihr Geburtsdatum?«

»30. Juni 2022. Würden Sie mir jetzt endlich sagen, was gegen mich vorliegt?«

Einen Moment lang war es still. Dann antwortete sie:

»Ihnen wird sexuelle Belästigung vorgeworfen. Sie wissen, dass wir in diesem Fall laut Paragraph 10a Gleichstellungsgesetzkontrollverordnung berechtigt sind, Ihnen die Rücksprache mit Ihrem Anwalt zu verweigern.«

Ich schüttelte den Kopf.

»Was?«

Und dann:

»Wie bitte? Wann? Wo? Was soll ich getan haben?«

Sie ließ sich von meiner Entrüstung nicht beeindrucken. Mit ruhiger Stimme trug sie vor:

»Ihnen wird vorgeworfen, am 28. Oktober gegen 23 Uhr für die Dauer von 30 Sekunden einer Ihnen unbekannten Frau ins Gesicht gesehen zu haben. Das sind 20 Sekunden mehr als die gesetzlich zugelassene Höchstgrenze.«

»Lächerlich. Das ist nicht wahr. Da ist nichts gewesen.«

Ich nestelte die Schachtel Luckies aus meiner Jackentasche und zog eine Zigarette heraus.

»Haben Sie zufällig Feuer?«

Ich hörte ein Klicken, dann tauchte vor meinem Gesicht eine kleine Flamme auf. Ich hielt die Zigarette an die Flamme und sog den Rauch tief in meine Lungen. In meinem Mund breitete sich ein scharfwürziger Tabakgeschmack aus. Der Raum begann sich um mich zu drehen. Ich zog ein zweites Mal an der Zigarette, inhalierte wieder und ließ den Rauch langsam aus Mund und Nase ausströmen. Ich merkte, wie ich ruhiger wurde.

»Ich möchte einen Anwalt sprechen.«

»Ich halte es für besser, wenn wir zunächst ohne einen Anwalt weitermachen. Wo waren Sie am 28. Oktober diesen Jahres gegen 23 Uhr?«

Ich schnippte die Asche in einen gläsernen Aschenbecher, der auf dem Tisch stand. Das gleißende Licht der Lampe spiegelte sich in ihm wie die Nachmittagssonne über dem Meer an einem Tag im August. Ich wäre in diesem Moment viel lieber am Meer gewesen.

»Kann ich ein Bier haben?«

»Selbstverständlich nicht. Beantworten Sie einfach meine Fragen. Je schneller Ihre Antworten vorliegen, umso schneller kommen Sie nach Hause.«

Die Tür ging auf. Frank kam herein. Sein Schatten bewegte sich auf ihren zu. Er flüsterte ihr etwas zu. Sie nickte. Dann sagte sie:

»Frank, bringst Du uns bitte einen Kaffee?«

Der Schatten nickte und wandte sich zur Tür. Dann der Lichtbalken des Flures, der sich durch die Türöffnung zwängte und wieder zurückwich. Als die Tür sich geschlossen hatte, wandte sie sich wieder an mich.

»Ihr letzter Persönlichkeitsentwicklungstest liegt schon fünf Jahre zurück.«

»Wirklich? Kommt mir gar nicht so lange vor.«

Sie beugte sich über mich. Ihre Hand griff in meine Haare. Sie riss an meinem Kopf. Die Glut meiner davonfliegenden Zigarette irrlichterte durch den Raum.

»Verarsch mich nicht, Klugscheißer.«

Als nächstes fuhr ein unbeschreiblicher Schmerz durch mein Bein. Es fühlte sich an, als ob sich ein glühender Stahlbolzen durch das Innerste meines Schenkels bohren würde, durch die Wade, das Fußgelenk und in der Mitte der Fußsohle herausbrechen wollte. Ich schrie, fühlte, wie sich das gleißende

Licht um mich drehte, wie es plötzlich von allen Seiten in mich eindrang. Dann knallte ihre flache Hand in mein Gesicht. Ich schüttelte mich. Schnaufte.

»Also, nochmal von vorn«, sagte sie. »Wo waren Sie am 28. Oktober gegen 23 Uhr?«

Ich stöhnte.

»Ich hatte an dem Abend eine Verabredung mit einer Klientin in Hirschberg. Vermutlich war das die Zeit, als ich mich auf dem Rückweg nach Rabenstein befand. Ich nahm die U-Bahn. Der Zug war ziemlich leer, soweit ich mich erinnere. Ich hatte mir an der Station noch ein Bier gekauft. Während der Fahrt ließ ich das Gespräch mit meiner Auftraggeberin nochmal Revue passieren. Ein paar Tage vorher war ihr ein Video zugespielt worden.«

»Und?«

»Auf dem Video sieht man ihren Ehemann in einer absolut eindeutigen Situation mit einer äußerst attraktiven Dame.«

»Und Sie sollten herausfinden, um wen es sich bei der Dame handelt?«

»So ganz einfach ist die Geschichte nicht. Meine Auftraggeberin hatte mir das Video schon ein paar Tage vorher zur Verfügung gestellt. Ich habe unterschiedliche Checks drüber laufen lassen, MTCX,

Hotspoon et cetera. Da war mir ziemlich schnell klar, dass an der Angelegenheit etwas stinkt.«

»Inwiefern?«

»Das Video war ein Fake. Mit bloßem Auge nicht zu erkennen. Täuschend echt. Aber wer immer es produziert hat, hat sich nicht wirklich Mühe gemacht, seinen Täuschungsversuch zu verschleiern. Auf der binären Ebene waren massenweise Schnittspuren hinterlassen worden.«

»Sie wollen andeuten?«, fragte sie.

»Genau! Jemand stellt ein gefälschtes Video her, um den Ehemann meiner Auftraggeberin bei ihr zu denunzieren. Aber er oder sie stellt es so her, dass es sich nicht vermeiden lässt, es als Fälschung zu identifizieren.«

»Warum sollte jemand so etwas tun?«, fragte sie.

»Wenn ich das nur wüsste. Vielleicht hat ihr Alter es darauf angelegt, von ihr ungerechtfertigt verdächtigt zu werden, um ihr ein schlechtes Gewissen zu machen. Vielleicht hat er nichts damit zu tun, vielleicht hat ein Stümper ihm eins reinwürgen wollen und tatsächlich eine derart miserable Fälschung produziert. Vielleicht hat auch jemand das Gerücht aufgeschnappt, dass meine Auftraggeberin ihren Mann gerne los wäre, und wollte sich mit seiner Produktion bei ihr bewerben? Jedenfalls wollte sie wissen, was hier für ein Spielchen getrieben wird, und vor allem, wer dafür verantwortlich ist. Wir redeten zwei volle Stunden und spielten ziemlich viele Szenarien durch. Nach dem Gespräch mit ihr saß ich im Zug und versuchte, einen Plan für meine Vorgehensweise auszuarbeiten. Ich war ziemlich vertieft.«

Sie legte mir ein Foto vor, auf dem das Gesicht einer attraktiven Frau abgebildet war. Die Frau hatte hellblonde Haare, die leuchteten wie ein Weizenfeld im Sommer. Ihre Haut war blass und von Sommersprossen übersät. Auf ihren geschwungenen roten Lippen lag ein feines Lächeln. Ich kannte das Gesicht.

»Haben Sie diese Frau schon mal gesehen?«

Ich nahm das Foto in die Hand und versuchte, durch das Bild hindurch den hellen Lichtfleck auf dem leeren Tisch vor mir zu erkennen. Es funktionierte nicht. Ich legte das Bild wieder hin und antwortete:

»Ist mir noch nicht über den Weg gelaufen.«

»Diese Frau saß an besagtem Abend in der U-Bahn nach Rabenstein, als Sie an der Station Hirschberg zustiegen. Sie betraten ihr Abteil und ließen sich auf der gegenüberliegenden Kabinenseite nieder.«

Ich zuckte mit den Schultern.

»Wenn Sie es sagen.«

»Und zehn Minuten später versuchten sie dann, Blickkontakt mit der Frau aufzunehmen.«

»Das ist lächerlich. Ich kann mich an die Frau nicht erinnern. Ich hab auf der Fahrt mein Bier getrunken, Notizen gemacht, nachgedacht und vor mich hingestarrt. Ich hab die Lady nicht mal wahrgenommen.«

Frank kam zurück. Er trug zwei Becher, aus denen Dampfschwaden waberten. Sie nahm ihm die Becher ab.

»Danke, Frank.«

Frank nickte und wich zurück in die Ecke des Raums.

Sie stellte mir einen der Becher hin. Der Geruch von Kaffee stieg mir in die Nase. Ich nestelte nach meinen Zigaretten. Sie gab mir Feuer.

»Könnte ich vielleicht Zucker haben?«

Sie machte eine Bewegung mit dem Kopf und sagte:

»Frank?«

Der Schatten seufzte, stand auf und verließ wieder den Raum.

»Hören Sie, Herr Adamah, Sie sollten wirklich kooperieren. Ich muss Ihnen nicht erklären, was Sie erwartet, wenn Sie verurteilt werden. Sie sind kein unbeschriebenes Blatt. Vor fünf Jahren gab es schon einmal eine Anzeige wegen sexueller Belästigung gegen Sie.«

Ich nahm einen Schluck Kaffee. Er war perfekt. Exakt so, wie für mich ein Kaffee schmecken musste. Heiß und bitter. So wie das Leben. Ich sog an meiner Zigarette und ließ den Rauch durch die Nase entweichen. Schließlich sagte ich:

»Das damals war eine Lüge.«

»Ach, damals war es eine Lüge?«, wiederholte sie. »Aber diesmal ist es keine?«

»Sie drehen mir die Worte im Mund herum. Ich wollte damit lediglich ausdrücken, dass vor fünf Jahren nichts war. Die Dame hat damals gelogen.«

»Tatsächlich?«, fragte sie schnippisch.

»Ich war zu dieser Zeit geschäftlich in Frankfurt, hatte ziemlich stressige Tage. Die Abende verbrachte ich allein. Einmal ging ich abends in ein mexikanisches Restaurant, das gleich schräg gegenüber von meinem Hotel lag. Ich erinnere mich: An dem besagten Abend war es kalt. Und es goss Bindfäden. Ich hatte keinen Regenschirm und rannte über die Straße. Trotzdem war ich nass wie ein Pudel, als ich das Lokal betrat. Es war leer. Ich wählte einen Tisch in einer hinteren Ecke, warf meinen Mantel auf einen Stuhl und setzte mich auf einen anderen. Dann kam die Kellnerin und brachte die Karte. Ich nahm sie entgegen, ohne aufzusehen. Ich entschied mich für ein Bier und ein Steak, schloss die Karte und legte sie auf den Tisch. Dann kam die Kellnerin zurück und fragte: »Was darf es sein?« Ich hob den Kopf und antwortete: »Ein Bier, bitte. Und zu essen hätte ich gerne das Steak«.

In diesem Moment kam Frank zurück. Er stellte einen Zuckerstreuer auf den Tisch und legte einen silberfarbenen Löffel daneben. Sie schob beides zu mir herüber. Ich rührte weder den Zuckerstreuer noch den Löffel an und nahm stattdessen einen Schluck Kaffee.

»Ihr Zucker«, sagte sie.

»Danke, aber wenn ich etwas verabscheue, ist es Zucker im Kaffee.«

Ich grinste.

Sie trat heran, nahm den Zuckerstreuer, stürzte ihn über meinem Kaffeebecher und ließ den Zucker in meinen Becher rieseln, bis nichts mehr kam. Dann drehte sie den Streuer wieder um, stürzte ihn erneut und schüttete eine zweite Portion Zucker in den Becher. Sie wiederholte den Vorgang. Dann wieder. Nach fünf Wiederholungen nahm sie den Löffel und rührte. Dann zog sie den Löffel heraus, ließ ihn über dem Becher abtropfen, legte ihn feinsäuberlich auf den Tisch und schob mir den Becher hin.

«Bitteschön.«

Ich lächelte. »Dankeschön.«

»Sie bestellen also etwas zu essen. Und was dann?«

»Aus heiterem Himmel keift sie mich an, was mir einfallen würde, ihr derart unverschämt auf den Busen zu starren. Ich war schockiert, sagte ihr, dass es sich um ein Missverständnis handelte, dass ich nichts dergleichen getan hätte. Dann ging sie, brachte mein Steak, ich aß es, bezahlte und verließ das Lokal. Zwei Tage danach stand die Polizei mit einer Vorladung vor meiner Tür.«

»Und?«

»Nichts und. Die Anzeige wurde aus Mangel an Beweisen fallen gelassen.«

»Ich meine, ob Sie es getan haben«, hakte sie nach.

»Ach Quatsch«, knurrte ich. »Die Alte hatte überhaupt keine Brüste. Sie war flach wie die Witze meines Ex-Chefs.«

»Aha!«, triumphierte sie. »Sie haben ihr also tatsächlich auf den Busen gesehen.«

»Sie stand direkt vor mir. Ich saß. So wie sie mir ihren Oberkörper ins Gesicht drängte, konnte ich gar nicht ausweichen.«

»Ihr letzter Persönlichkeitsentwicklungstest hat im SBP-Bereich erhöhte Werte ausgewiesen. Sie sind ein potenzieller Belästiger.«

»Ich hab nichts getan. Der Test ist umstritten.«

»Der Psychologe, der den Test bei Ihnen durchgeführt hat, schreibt wortwörtlich, dass die Befunde Sie eindeutig als jemanden klassifizieren, der Frauen gerne in den Ausschnitt blickt.«

»Sie wissen so gut wie ich, dass es eine leidenschaftliche Debatte über die Zulässigkeit dieser Verfahren gibt.«

»Und was war das für eine Geschichte vor zwei Jahren? Eine Ihrer Mitarbeiterinnen hatte sie angezeigt. Sie behauptete, sie hätten versucht, während eines Mitarbeitergesprächs mit ihr zu flirten.«

»Das ist nicht wahr. Es war ein ganz normales Mitarbeitergespräch.«

»Warum haben Sie nicht, wie bei Inter-Gender-Gesprächen eigentlich regulär üblich, eine dritte Person als Zeugen hinzugezogen?«

»Ist nicht mein Stil. Aber ich habe das Gespräch ordnungsgemäß aufgezeichnet.«

»Wir haben uns diese Aufzeichnung besorgt und angehört. Aber in der Aufzeichnung gibt es eine Pause von viereinhalb Minuten. Warum hat die Aufzeichnung eine Unterbrechung? Was ist in diesen viereinhalb Minuten passiert?«

Ich drückte den Stummel meiner Zigarette in den Aschenbecher.

»Ich hab keine Ahnung. Vielleicht war das Aufnahmegerät kaputt.«

»Ihre Mitarbeiterin behauptete später, Sie hätten versucht, sie dazu zu bewegen, mit Ihnen auszugehen.«

»Ich habe nichts dergleichen getan. Absolut nichts. Sie war eifersüchtig, weil ich etwas mit ihrer Freundin hatte, und wollte sich an mir rächen.«

»Sie wollte sich also an Ihnen rächen?«, fragte sie und trat ein paar Schritte auf mich zu, so dass ich zum ersten Mal mehr von ihr erkennen konnte als nur die Umrisse ihrer Gestalt. Sie war brünett. Ihr glattes Haar glänzte wie frisch geschlüpfte Kastanien im September. Ihre Lippen hatten das Rot spanischen Weins. Ihr Becken erinnerte mich an die perfekten Rundungen einer antiken Statue. Ihre Taille übte einen unwiderstehlichen Reiz auf mich aus. Ich wollte ausprobieren, ob meine Hände sie umfassen könnten. Und ihr Busen war definitiv mehr als einen Blick wert. Aber ich durfte keinen Blick riskieren. Nicht noch einen. Nicht verdächtig erscheinen. Nur das nicht. Unter keinen Umständen. Ich durfte mich nicht durch mein Verhalten noch mehr in Schwierigkeiten bringen. Ich senkte den Kopf. Sie schien meine Schwäche zu wittern.

»So viele Auffälligkeiten in nur fünf Jahren. Und alles Zufall? Nichts dran?«

Jetzt kreiste sie um mich.

»Soll ich Ihnen was verraten? Ich glaube Ihnen kein Wort. Sie denken, Sie können mich verarschen. Vergessen Sie's. Ich hab Sie durchschaut. Sie sind einer von dieser aussterbenden Rasse. Ein Macho. Einer von diesen Gockeln, die denken, sie könnten jede Frau anbaggern. Ich werde Ihnen erzählen, wie es gewesen ist. Sie sind in die U-Bahn gestiegen und haben die Frau entdeckt. Und dann haben Sie sich gezielt und mit voller Absicht gegenüber von ihr hingesetzt. Dann haben Sie gewartet, bis das Abteil leer war, und als kein Zeuge mehr da war, haben Sie die Frau angestarrt.«

Sie trat noch weiter auf mich zu.

»Ist es nicht so gewesen?«

Sie beugte sich herunter zu mir, so dass ich unter ihrer geöffneten Bluse ihre weißen Brüste und den dunklen Abgrund dazwischen erkennen konnte.

»War es nicht so?«

Ich war scharf wie eine Chillischote. Und sie wusste es. Sie grinste schelmisch. Dann drehte sie sich um und sagte:

»Frank, kannst Du bitte noch einen Kaffee besorgen?«

Frank stand auf und verließ das Zimmer.

Nun stellte sie sich unmittelbar vor mich. Ihre Finger hoben mein Kinn.

»Sieh mich an«, forderte sie. Sie öffnete den Knopf, der ihre Bluse oberhalb ihres Busens zusammenhielt. Er sprang auf und die kleine Verbindung zwischen den Schalen ihres BHs wurde sichtbar. Mach keinen Fehler, dachte ich. Bleib cool. Sieh nicht hin! Sieh nicht hin! Sieh ...

Ich konnte nicht anders. Es ging wirklich nicht. Ich musste einfach hinsehen. Nur einen winzigen Augenblick. Und dann noch einen. Und noch einen. Als ob ich den Anblick in mir abspeichern wollte. Mein Blick klebte an der sich abzeichnenden Kontur ihrer vollen Brüste.

Ihre harte Stimme brach durch den Strudel meiner Gedanken.

»Du hast es getan.«

Jetzt schrie sie.

»Gib es zu. Und damals in dem mexikanischen Restaurant hast Du es auch getan. Und in Deinem Büro hast Du es auch getan.«

»Nein«, schrie ich. »Nein!«

Sie kreischte wie eine Furie. »Du kommst hier nicht raus, bis Du ein umfängliches Geständnis abgelegt hast. Ich mach Dich fertig!«

Ich zitterte.

In diesem Moment öffnete sich die Tür und Frank kam herein. Er stellte einen Becher auf den Tisch und winkte sie zu sich.

»Was ist denn?«, fragte sie gereizt.

»Es gibt Neuigkeiten«, antwortete Frank. Sie ging zu ihm hinüber. Sie tuschelten. Dann räusperte sie sich.

»Okay. Danke, Frank.«

Sie lief zur Tür und knipste einen Lichtschalter an. Kaltes Neonlicht breitete sich aus und enthüllte mit einem Mal jedes noch so kleine Detail des Raums. Er war nackt abgesehen von dem Tisch und drei Stühlen. Wände und Boden waren grau. Auf einem der Stühle saß ich. Auf einem in der Ecke des Raums hatte Frank sich niedergelassen. Er war schlank, hatte kurz geschnittenes braunes Haar, trug eine Brille und sah aus wie ein Oberprimaner. Sie trat in die Mitte des Raums. Selbst in der Erbarmungslosigkeit des Neonlichts war sie schön.

»Sie können gehen«, sagte sie.

»Wie bitte?«

Sie blies die Backen auf und ließ anschließend die Luft hörbar entweichen.

»Wie bitte?«, wiederholte ich.

»Ich hab gesagt, Sie können gehen«, erwiderte sie gereizt.

Ich erhob mich. »Wieso das denn jetzt?«

Sie verdrehte die Augen.

»Offensichtlich handelt es sich bei der Dame, die Sie angezeigt hat, um eine Triebdenunziantin. Sie hat in den vergangenen sechs Monaten dreiundzwanzig Männer angezeigt, allerdings in anderen Bezirken, so dass wir das erst jetzt bemerkt haben. Bei ihren Anzeigen ist nie etwas herausgekommen. In einigen

Fällen konnte wohl nachgewiesen werden, dass es sich um Falschaussagen handelte.«

Ich schüttelte resigniert den Kopf. Dann stieß ich geräuschvoll einen Luftstrom durch die Nase.

»Triebdenunziantin ...«

Frank hatte schon die Türklinke in der Hand, als er sich noch einmal umdrehte.

»Was soll ich in den Bericht schreiben?«

»Schreib, dass wir ihm eine Ordnungswidrigkeit wegen einer Fristüberschreitung für die ordnungsgemäße Ableistung des Persönlichkeitsentwicklungstests verpassen.«

»Und welchen Vermerk soll ich in seine Akten eintragen?«, hakte Frank nach.

Sie schnaubte verächtlich. »Schreib einfach, dass er genau der gleiche erbärmliche Schlappschwanz ist wie alle anderen auch.«

Ich spürte den Zorn wie glühende Lava in mir aufsteigen. Jetzt nur keinen Fehler machen. Ich wusste ja, dass ich dazu neigte, unüberlegt zu handeln. Besser die Klappe halten.

Frank sah sie verdattert an.

»Schreib Unauffälliger Befund, Trottel.«

Dann lachte sie. Laut und höhnisch.

Frank nickte und ging. Ich stand immer noch an derselben Stelle. Sie nahm überhaupt keine Notiz mehr von mir. Es war wirklich besser, die Klappe zu halten. In wenigen Minuten war ich frei. Schluck ihre Beleidigungen runter, sagte ich mir. Geh nicht auf ihre Provokationen ein. Aber es lag mir auf der Zunge.

»Soll ich Ihnen was verraten?«, fragte ich sie, als sie sich ebenfalls anschickte, grußlos den Raum zu verlassen. Was hatte ich da gesagt? War ich von allen guten Geistern verlassen? Tu es nicht, sagte ich zu mir selbst.

Sie seufzte genervt, ohne sich zu mir umzudrehen: »Tun Sie sich keinen Zwang an.«

Der gelangweilt-arrogante Ton in ihrer Stimme war es, der die Mauern meiner Selbstbeherrschung zum Einstürzen brachte. Die Stimme in mir flehte ein letztes »Tu es nicht«, während meine Ohren hörten, wie ich ihr hinterherrief:

»Ich war's.«

Mit einem Mal stand die Welt still. Die Frau versteinerte. Als ob wir dieses Kinderspiel gespielt hätten, Ochs am Berg, bei dem die Kinder auf ein gerufenes Kommando hin in ihrer Bewegung verharren müssen wie die Trolle in »Der kleine Hobbit« bei Sonnenaufgang. Sie hielt den Atem an, ich hielt den Atem an. Kein Laut. Nichts. Man hätte eine Küchenschabe husten hören können. Dann drehte sie sich langsam zu mir um und sagte:

»Wie bitte?«

»Ja«, schrie ich jetzt, »ja, verdammt. Ich hab's getan. Ich hab's getan. Ich hab's getan. Ich hab sie angesehen. Und ich bereue nichts. Sie war eine Schönheit. Wie sie da saß in dem leeren Abteil. Mit diesen langen goldgelben Haaren, mit diesen Sommersprossen auf ihrer blassen Haut, mit diesem feinen Lächeln, das um ihre geschwungenen Lippen spielte. Wie eine Nymphe. Ein Wesen aus einer anderen Welt. Ich konnte nicht anders.«

»Und ich wollte auch nicht anders«, fügte ich trotzig hinzu.

»Jemand wie Sie wird das nie verstehen. Was ist das für eine Welt, die Sie und Ihresgleichen erschaffen haben? Ist das wirklich das, was Ihr gewollt habt? Ihr habt mit Eurem Female Shift und Eurer Genderdebatte nicht die Verbrechen verhindert, die in den Entwicklungsländern an Frauen begangen werden. Ihr habt mit Eurer kleinkarierten Feminisierung der Sprache keine Vergewaltigung verhindert. Stattdessen habt ihr die Männer in unserer hochzivilisierten Kultur in arme Würstchen verwandelt. Die domestizierten speichelleckenden Männchen, die ihr aus ihnen gemacht habt, kotzen mich an. Diese androgynen Waschlappen, die mit gesenktem Kopf durch die Welt wandeln, um nur ja nicht anzuecken, die heuchlerisch Beifall klatschen, wenn ihr fordert, dass es endlich auch eine Weihnachtsfrau geben muss, diese Typen, die in den Werbespots den tumben hilflosen Ehemann spielen, den Intelligenzlegastheniker, der nur an der Seite seiner ihm in allen Belangen überlegenen Partnerin überlebensfähig ist, diese Männer, die sich in intellektuellen Kolumnen mit ihrer Parteinahme für die weibliche Position im Geschlechterkampf anbiedern, die auch noch jubelnd vorneweg marschieren, wenn ein romantisches Gedicht von der Fassade eines Hauses gewaschen wird. Sie tun mir leid. Wollen Sie mir wirklich erklären, dass diese neuen Männer Sie glücklich machen? Diese Männer, die nichts mehr tun können, die nichts mehr tun dürfen, die handlungsunfähig geworden sind, denen alle Möglichkeiten entzogen wurden, eine Frau zu erobern. Und ist es nicht erbärmlich, sich nicht mehr erobern lassen zu können? Jetzt habt ihr endlich, was ihr wollt, und irgendwann merkt ihr vielleicht, dass es das auch nicht ist.«

Ich schnappte nach Luft. Mein Herz bebte. Ihr Unterkiefer klappte nach unten. Sie fixierte mich. Sprach kein Wort. Langsam spannte sich ein triumphierendes Grinsen zwischen ihre zierlichen Ohrläppchen. Einen Moment lang war es still. Und dieser Moment breitete sich aus wie Schmieröl auf versiegeltem Parkettboden. Und wieder kam die Zeit zum Stillstand. Als würde der Zug, der seit dem Urknall zuverlässig unsere Gegenwart in die Zukunft überführte, von einer Notbremsung heruntergedrosselt und käme zum Halt. Was hatte ich getan? Warum konnte ich nicht einfach die Klappe halten?

»Dan-ke«, sagte sie triumphierend, »das nenne ich ein umfassendes Geständnis.«

Dann rief sie nach draußen: »Frank, Du kannst die Aufzeichnung jetzt abschalten.«

Franks Stimme war aus dem Nebenraum zu hören: »Wie bitte?«

Sein Kopf lugte durch die offene Tür. Sie wiederholte: »Du kannst die Aufzeichnung abschalten.«

»Schon vor fünf Minuten erledigt, Chefin.«

»Was?!«

»Hab ich gleich beim Rausgehen gemacht. Und auch schon gelöscht. Ordnungsgemäß.«

Ich senkte den Blick und grinste vor mich hin.

»Paragraph 27a, Polizeiaufgabenvervollkommnungsgesetzverordnung. Nach Feststellung der Beendigung einer Vernehmung sind Ton- beziehungsweise Kameraaufnahmen unverzüglich zu stoppen. Mitschnitte sind nach Feststellung der Unbegründetheit eines Tatverdachts umgehend zu löschen.«

Sie bewegte sich nicht. Aber ich konnte spüren, wie es in ihr brodelte. Dann schrie sie auf, packte ihren Becher und schleuderte ihn mit voller Wucht gegen die Wand. Brauner Saft lief in dicken Streifen den grauen Beton hinunter. Hasserfüllt blickte sie mich an. Ich schwieg. Langsam nahm ich meinen Becher und probierte einen Schluck Kaffee. Er war süß wie Zuckerwatte. Angewidert verzog ich den Mund.

Dann grinste ich sie an, sagte, »ich denke, ich werd´ dann mal gehen, wenn Sie nichts dagegen haben«, winkte mit der Hand zum Abschied und lief langsam an ihr vorbei. Durch die Tür. Durch die Räume der Polizeiwache. An den Schreibtischen lungerten gelangweilte Streifenpolizisten herum, in Gespräche vertieft. Sie tranken Kaffee aus Pappbechern und nahmen keine Notiz von mir. Als ich die Tür nach draußen aufstieß, blendete mich das Licht der Morgensonne. Der Himmel war stahlblau. Es würde ein wundervoller Tag werden. Ich nestelte eine Lucky aus meiner Tasche, holte mein Feuerzeug hervor und zündete sie an. Ein leichter Wind trieb mir den Rauch ins Gesicht. Für einen Moment schloss ich die Augen. Ich stieg die Treppe zur Straße hinunter und winkte nach einem Taxi.

Ein dunkelblauer Tesla stoppte. Ich beugte mich hinunter ans Seitenfenster. Auf dem Fahrersitz saß eine Frau. Ich schätzte sie auf Mitte 30, sie hatte lange dunkle Haare, auffallend lange Wimpern und volle dunkelrote Lippen. Sie lächelte.

»Wohin möchten Sie?«

Ich blickte mich sinnierend um. Dann antwortete ich: »Hirschberg, Zentrum, wenn's geht.«

»Wird erledigt«, sagte sie lächelnd. Ich stieg neben ihr in den Wagen.

Sie fuhr los, an der Polizeiwache vorbei, und bog nach links auf die große Allee ab. Mächtige alte Linden säumten die Straße. Sonnenlicht flackerte durch das Blattwerk. Ich öffnete mein Fenster und sog die frische Luft des Julimorgens ein. Dann blickte ich zu ihr hinüber. Warum kam sie mir so bekannt vor?

»Fahren Sie schon lange?«

»Mittlerweile schon acht Jahre«, antwortete sie. In diesem Augenblick erkannte ich sie. Es war die Frau aus dem Video. Die äußerst attraktive Dame, die sich mit dem Mann meiner Klientin in dieser absolut eindeutigen Situation hatte filmen lassen. Oder hatte man ihr Gesicht nur hineinretuschiert? Wusste sie überhaupt davon? Ich unterdrückte meine Überraschung.

»Wie ist das so mit dem Taxifahren? Haben Sie gar keine Angst? So allein? Sind Sie noch nie belästigt worden?«

Sie sah zu mir herüber, dann schüttelte sie zögernd den Kopf.

»Nein.« Sie lächelte unsicher.

Sie trug einen dunklen Rock, der einen Blick auf die nackte Haut ihrer Schenkel zuließ. Ich konnte die blauen Venen durch das blasse Fleisch ihrer Schenkel erkennen. Sie waren erhaben wie italienischer Marmor. Ihre dunkelrot lackierten Zehennägel steckten in schwarzen High Heels. Ihre schlanken Finger führten zärtlich den Steuerknüppel. Die Bewegung erinnerte mich an etwas anderes. Dann streifte meine Hand ganz unbeabsichtigt ihr nacktes Knie. Sie blickte steif geradeaus. Ich bewegte die

Außenkante meiner Hand sanft an ihrem Bein entlang, bis meine Handfläche auf ihrem Oberschenkel lag. Und dann schlich sich die Hand behutsam höher, unter den Rand ihres Rocks. Ich spürte, wie sich ihre Muskulatur verkrampfte. Ihre Stimme flatterte, als sie sagte:

»Nehmen Sie bitte die Hand da weg.«

»Komm schon. Stell Dich nicht so an«, presste ich hervor und schob meine Hand höher.

Plötzlich flog ich nach vorne. Meine Hände fingen mich gerade noch ab. Dann wurde ich zurück gegen den Sitz geworfen. Sie hatte den Wagen angehalten, sprang heraus, rannte um das Auto herum und riss meine Tür auf. Ich spürte einen heißen Luftstoß. Ein beißender chemischer Geruch fuhr meine Nasenwände hinauf in die Stirnhöhle. Meine Augen brannten. Ich bekam keine Luft mehr. Sie packte meinen Arm und zog mich aus dem Auto. Ich verlor das Gleichgewicht und knallte auf den Gehsteig. Mein Kopf dröhnte. An meinen Schneidezähnen und an meiner Wange klebten Schmutz und kleine stachelige Kiesel. Metallischer Geschmack in meinem Mund. Neben mir heulte der Motor ihres Teslas mit dem reproduzierten Klang einer Harley Davidson auf. Ich hob den Kopf. Blut troff aus meinem Mund in den Rinnstein. Ich spuckte einen Zahn aus. Er kullerte über den Gehsteig wie eine Murmel. Jeder Atemzug schmerzte. Ich hustete. Ein Riss in meinen Rippen. Ich kroch auf allen vieren über den Gehsteig. Als ich mich endlich langsam aufrichtete, sah ich noch die Rücklichter ihres Wagens, wie er majestätisch die Allee entlang davonfuhr.

Carola Leipert

Das Kleid

(Bonus)

Es war eines ihrer liebsten Kleider, nein, es war ihr Lieblingskleid, und sie hatte lange darauf gespart, bis sie es bei der Schneiderin in Auftrag geben konnte. Es hatte mehrere Termine gebraucht, bis der perfekte Schnitt gefunden, die Falten gesteckt und der richtige Farbton ausgewählt waren. Sie hatte sich für Taft aus reiner Seide entschieden – sehr empfindlich und kostbar. Und genau das sollte es ausdrücken, denn es spiegelte sie wider, ihren Charakter, ihr Wesen. Es war ein Kleid für ganz besondere Momente, und dies war einer davon, wenn nicht der besonderste Moment in ihrem Leben. Lange hatte sie mit der Farbwahl gekämpft. Erst dachte sie an Altrosé, doch dann fand sie es doch ein wenig zu altbacken. Dann liebäugelte sie mit einem dunklen Violett, doch war nicht Lila die Farbe der unbefriedigten Frau? Und die war sie keineswegs, sie hatte ihr Leben immer in vollen Zügen ausgekostet. Nein, auch diese Farbe verwarf sie wieder. Schließlich probierte sie ein Dunkelgrün, welches, wie man ihr sagte, besonders edel wirkte. Aber sie fühlte sich darin ein wenig verkleidet, es wirkte zu streng, und passte letztendlich doch nicht zu ihr. Doch am Ende fand sie die richtige Farbe, nein, es waren sogar zwei Farben. Sie entschied sich für einen changierenden Dekotaft aus Nachtblau und Schwarz, der etwas Geheimnisvolles und Unergründliches ausstrahlte und sie sich wie ein kostbares Juwel fühlen ließ. Mit wachsender Ungeduld wartete sie auf die Fertigstellung des Kleides und als es soweit war, fuhr sie mit zittrigen Händen und flatterndem Herzen los, es zu holen und endgültig in ihren Besitz zu bringen. Oftmals holte sie es aus dem Schrank, hängte es vorsichtig an die Tür und fuhr liebkosend über den Stoff. Das Rascheln des Stoffes entlockte ihr jedes Mal kleine Seufzer voller Erregung und sie stellte sich vor, wie sie in das Kleid schlüpfte und der seidige Stoff sich an ihren Körper schmiegte. Auch heute tat er das. Perfekt fiel die A-Linie an ihrem zartgliedrigen Körper, der runde Ausschnitt betonte ihren feinen Hals und das schmale Gesicht, die Träger spannten nicht und saßen nicht zu locker über der Schulter, die Brüste etwas gestützt, die Falten in perfekter Form. Die Mischung aus Nachtblau und Schwarz brachte die helle Haut ihrer Arme und Beine schön zur Geltung und ebenso ihre zarten Knie, die schön ebenmäßig nebeneinander lagen, während sich der Sargdeckel über ihr schloss.

Georg Adamah

Jahrgang 1964, aus Franken, hat Wirtschafts- und Sozialwissenschaften studiert, promoviert und blickt auf eine erfolgreiche Karriere als Politikberater zurück. Seit 2013 schreibt er in seiner Freizeit Romane. Sein Erstlingswerk »Liliths Töchter, Adams Söhne« ist 2017 im REDRUM Verlag erschienen.

Weitere Infos zur Person und den Büchern:

www.facebook.com/georg.adamah
www.instagram.com/georgadamah
Georg.adamah@gmail.com

Herbert Arp

Herbert Arp, Jahrgang 1972, lebt in Hamburg, hat Informatikassistent gelernt und Soziale Arbeit studiert und ist seit 2002 als freiberuflicher Texter und Journalist tätig. Die Kurzgeschichte in dieser Anthologie ist sein belletristisches Debüt.

Weitere Infos zur Person und den Büchern:

http://herr-arp.de
info@herr-arp.de
Max und das Fetale Alkoholsyndrom (FAS) www.youtube.com/watch?v=zzjxrROycmE

Julia Dest

Zu Schreiben ist, seit ich buchstabieren kann, eher ein Hobby. Zunächst eine Flucht aus der Welt der Erwachsenen und später eine vor der Oberflächlichkeit der Menschen allgemein. Ich arbeite als Grafikdesignerin für Paperwork.

Weitere Infos zur Person und den Büchern:

paperwork.design
www.facebook.com/Julias.Destiny
www.instagram.com/paperwork.design

paperwork@gmx.info

Alexander Kühl

Zu Hause bin ich im Hardboiled Genre und veröffentliche im REDRUM Verlag. Doch bin ich auch an anderen Genres interessiert und habe z.B. auch im Science Fiction Bereich veröffentlicht.

Bücher:

Runaways – Die Gesetzlosen

Sternenring-Weltende

Ich will nicht sterben, Stone

Weitere Infos zur Person und den Büchern:

www.facebook.com/alexander.frost.9256
Alexander.kuehl@radioplanet-berlin.de

Carola Leipert

Seit 2013 bin ich als Autorin tätig und in meinen Romanen dreht sich alles um die Liebe – umrahmt von Romantik, Freundschaft, Spannung, und Abenteuer.

Bisher habe ich drei Romane veröffentlicht.

Das Tal der Zebras Elsas Garten

Die Farben in dir

Weitere Infos zur Person und den Büchern:

www.carola-leipert.de
www.instagram.com/carola.leipert

Email: carola.leipert@web.de

Alexandra Mazar

Alexandra Mazar lebt, denkt, schreibt und treibt allerlei Unsinn in Hessen. Sie veröffentlicht unter ihrem Namen Dramen und Entwicklungsromane und unter ihrem Pseudonym Alex Miller, Thriller der härteren Gangart.

Bücher:

Alexandra Mazar: Die Farben des Verzeihens, BoD

Alex Miller: Roadkill, Redrum Verlag

Weitere Infos zur Person und den Büchern:

www.alexandra-mazar.com
www.facebook.de/AlexandraMazar
www.facebook.com/AM.Roadkill/
www.instagram.com/AlexandraMazar

info@alexandra-mazar.com

Mara Winter

Ich entstamme einer großen, etwas abgedrehten Künstlerfamilie mit Musikern, Schriftstellern, einem Bildhauer, Schauspielern, Filmemachern und anderen Kreativen. Mittlerweile bin ich Autorin und Marketingleiterin bei einem kleinen Verlag und liebe meinen Job fast so sehr wie meinen Kaffee, mein Bett und meine Familie. Bei mir stehen schräge Figuren, kaputte Charaktere und andere Randfiguren im Mittelpunkt. Ich stehe auf unperfekt, aber liebenswert. Mit Kuchen kriegt man mich immer, aber bitte ohne Rosinen. Danke.

Bücher:

Summa cum – Liebe – Verblüht – Glitzerkram - Affengeschichten

Weitere Infos zur Person und den Büchern:

www.marawinter.de
www.instagram.com/autorinmarawinter

wintermara@gmx.de

Empfehlungen:

https://schraegverlag.de/

https://www.redrum-verlag.com

30889667R00074

Printed in Poland
by Amazon Fulfillment
Poland Sp. z o.o., Wrocław